杨庆珍 著

人间草木有深情

成都时代出版社
CHENGDU TIMES PRESS

图书在版编目（CIP）数据

人间草木有深情 / 杨庆珍著. — 成都 ：成都时代
出版社，2024.11
ISBN 978-7-5464-3353-0

Ⅰ．①人… Ⅱ．①杨… Ⅲ．①散文集－中国－当代
Ⅳ．①I267

中国国家版本馆CIP数据核字(2023)第238685号

人间草木有深情
RENJIAN CAOMU YOU SHENQING

杨庆珍　著

出 品 人　达　海
责任编辑　阚朝阳
责任校对　敬小丽
责任印制　黄　鑫　曾译乐
封面设计　寻森文化
装帧设计　成都九天众和

出版发行　成都时代出版社
电　　话　（028）86742352（编辑部）
　　　　　（028）86615250（营销发行）
印　　刷　成都博瑞印务有限公司
规　　格　165mm×230mm
印　　张　15.75
字　　数　188千
版　　次　2024年11月第1版
印　　次　2024年11月第1次印刷
书　　号　ISBN 978-7-5464-3353-0
定　　价　68.00元

在草木生活中发现生命的奥秘

周闻道

《人间草木有深情》的书写，没有所谓的宏大叙事，也没有明显介入当下的重大题材，书写对象大都是普通花草树木。它们微不足道，充满生命细处的原汁原味，更接近生命的真相，让人从中发现生命的奥义。

这本书分为四辑，时空的交织与物种的交织相互映衬，以"深情"为魂，从不同的维度，进入植物王国独具个性的微观世界，并从中发现植物与人的关系，以及广义生命的奥秘。第一辑《老去诗篇》，语出杜甫"老去诗篇浑漫与"，指向千年古树与人的关系，包括凤凰鲸柏、九子银杏、千年香果树、古红豆杉、古树梨花、古榕树、桢楠王、羌山黄连木等，发现生命是可以跨越时空的，相遇不仅是缘分，也是情的缘起；第二辑《风吹故园》，书写蜀地原生植物，例如构树、爬山虎、石斛、皂荚、枫杨、香樟树等，同为一方水土滋养，那情自然更亲一层；第三辑《花下流光》，所写芙蓉、紫茉莉等，都是见惯不鲜的乡土花草，关键是能从中发现不一样；第四辑《野草葳蕤》，笔涉一些似乎有点卑微的植物，如紫苏、艾草、紫云英、苔藓等，读深读透了，才发现在生命世界，其实根本就没有所谓高贵卑微之分，生与死都是一种存在方式。

赠人玫瑰，尚且手留余香，如此与一群植物灵魂对话，不仅可以感受一种郁郁葱葱、清香宜人的绿色温馨，更能从生命深处、细处，发现生命的真相和意义，从而从更高境界上敬畏生命。从这个意义上看，可以说这本书既是作者写给自然的情书，也是作者替植物写给人类的家书——同处一个家园，同属地球村生物链中的生命元素，该如何相携相惜，在生命相生友好中共建我们美好的家园。因此，该书在展示草木在自然四季生命细微变化的同时，也书写了植物与人所呈现的美学情趣和文化意味，以及相互依存的家园意识。

植物的生命世界奥妙无穷。那是一个丰饶和幽深的王国，对于植物，我们究竟知道多少？植物学家们考证，早在30多亿年前，地球上就出现了早期的藻类植物，这也许是生命的起源，它远远早于我们人类的出现。然后，沧海桑田，经过漫长的藻类植物时代、苔藓植物时代、蕨类植物时代、裸子植物时代，到现在的被子植物时代，地球上的植物已达数十万种。苏格拉底说，他自己"唯一知道的是不知道"。在笔者看来，这才是真正的智者。要是连"不知道"都不知道，才是一无所知。

世界很小，一片树叶很大。正如佛家所言，"一花一世界，一叶一菩提"，当我们在阅读植物的时候，其实是在阅读生命，阅读我们人类自己。因此，我们在杨庆珍这本书中，看到了"植物"与"深情"两个核心词。透过这本书，我们从草木的生命细节中，发现了草木与人类的血肉关联，从植物对人生命的滋养中，发现了生活中的禅意。而这一切，又都是通过文字营造的叙事流，让灵魂的追问、生命的贴近、人性的发现形象地呈现出来，在女性特有的细腻绵密中，表达出精神的自由、生命的意义、自然的奇崛之美。这就从更高境界上，把草木奥秘提高到了人精神原乡的层面。

与草木和谐共生，构成了杨庆珍这本书的生命意识。生活多艰，草木为伴，不仅是光合作用，不仅是负氧离子，更是生命的相依共生和精神的慰藉。植物能让人过得美好舒畅，它的治愈力，可以让人无忧无惧，增添生命的自信，体会清新甘美的存在。

人是情感动物。中国人所谓"七情六欲"，其中"七情"最早的记载见于《礼记·礼运》："喜、怒、哀、惧、爱、恶、欲，七者弗学而能。"随着社会发展，人类情绪远远不止这几种，现代人的焦虑情绪加重，"植愈"逐渐走入生活中。杨庆珍的难能之处，正是在于发现了植物与人的情绪的关系。

《梅花树下茶香浓》看似写花写茶，其实是写人与植物相处的一种情绪。什么情绪呢？怡然。怡然是喜、乐、爱等情绪的综合体现，属于一种较高境界的积极情绪。这种"花间一壶茶，席上饮清雅"状态的获得途径主要有两种：一种是本来就衣食无忧，但闲而不俗，以诗文茶饮与时光共舞，尽享怡然；一种是风雨同行，劳碌相伴，偶有得闲，顿生怡然。多数人可能属于后者。后者的怡然含金量更高，"苦寒"后的"梅香"也更可贵，可沁入内心。这是真正充满爱与美的人生。显然，《梅花树下茶香浓》写的正是这样的情绪。更可贵的是这种情绪的获得，是与植物紧密相关、借助植物呈现的，甚至可以说，文中"我们"的怡然，就是在与植物相处中获得的，也可以说是植物对浮世中人的治愈。

你看，几位不落俗、不无聊的知性女子，在开春的花季，抛开了都市的尘嚣，来到鹤鸣山上、天谷洞旁的梅花树下对花品茗。"小桌呼朋三面坐，留将一面与梅花"，不说参与，就是读着这文字，也会被这样的怡然所感染。是文字的力量，还是植物的力量？总之，我是被感染了，有点"羡慕嫉妒恨"，何时可得此怡然？

《近绿者悦》，乍一看是写花花草草，小格局、小情绪，仔细一读，并非如此。杨庆珍列数的阳台花草，从竹子、栀子花、天竺葵，到橡皮树、忍冬、广青等，都是人格化了的；观花不仅可观人，还可观世界时代。在这里，"花心草心人心是相通的，置放于同一个阳台，阳台便是溶解缸。"正因为如此，养花才有了更深刻的意义，成为重要的人性观照途径："你以为你在养花吗？不，你在养育你自己——你的清气、静气、朝气。""花香、茶香、书香交织在一起，让人内心安详宁静。"最终又回归到了人，但已不是原来的人，而是优雅脱俗的人，活得通透的人。

特别喜欢《与树在一起》，感情丰沛，情绪饱满，写出了与树的生命相依和诗意栖息。文章一开始，就以一句"我的姓名里带有'木'字，五行也属木，对树木一直有掏心掏肺的好感"写出了自己与树的宿命关联，颇有点像弗洛伊德的胎衣。接着，作者解读了一系列的树，栾树、银杏、黑杨树、李子树、罗汉松等，对每一种树的解读，都不是停留于表面的形，而是深入内在的神，通过人与树的关系，融入自己的生命体验和发现。

比如，从栾树身上，作者想起的是儿时家里的贫苦和父亲的企盼。这何止是作者难忘的生命体验，更是我们一代人甚至几代人的不堪记忆。"银杏的黄，是绚烂壮阔的，给人无边无际的温暖。""美好的时光羽毛一样飘在眼前，仿佛是卡朋特的《昨日重现》，清澈的歌声泉水一样流淌开来，优美，沉郁，好比风吹过树林，吹过童年的草地，吹过绿油油的青春。"而黑杨树令作者想起的，是西班牙诗人塞尔努达的诗："我流溢的情绪，集中在三棵黑杨树清晰的轮廓周围""我笃信地靠近树干，抱住它们，把鲜绿的青春拥紧在胸口"。这首叫《爱》的诗，没有一个"爱"字，无涉情欲、不关男女，却更指明了爱的究竟。这是作者从黑杨树身上发现的：真正的爱是滋养，能量充沛，源源不断。树，以自己的盎然生机将人从忧郁中拔出，令人摆脱沮丧、颓唐等负面情绪。

当列数了树与生命的神奇后，作者把自己对树与人生命秘籍的发现，提升到了哲学和精神层面："树的在场，对人而言是一种安慰，它们无言、沉静、笃定，时时陪伴和照拂着人类。"

植物有情，情在生命；心中有禅，树皆菩提。

草木是生命形式，也连接着生命的起源。在草木生活中发现生命的禅意和奥秘，构成了杨庆珍散文的一大特点。我相信，正是因为有草木的浸润加持，杨庆珍才有这样的发现、这样的书写。《人间草木有深情》，其中有情，有爱，有对世界和生命的观照。

目录

人间草木有深情

辑二　风吹故园

辑三　花下流光

辑
四
野草葳蕤

辑

一

老 去 诗 篇

陪陆先生喝一盏
雾山茶

枇杷茶

我说的陆先生，是陆游。南宋时期的一杯茶，穿过800多年的尘烟，安放在今晚的茶桌上。

今晚，我们喝雾中山枇杷茶，一款野生古树红茶。你说，这是一种川西特有的乔木茶，高达十几米，树形如伞盖，因树叶阔大肥厚，形似枇杷叶，当地人称为枇杷茶。

这些茶叶，来自一棵有着千年树龄的茶树。

这是陆游喝过的茶，你笑道。随后，你收起开玩笑的语气，正色说，真的有可能就是同一棵茶树。当年，陆游担任蜀州通判，足迹遍布西蜀，在饱览秀美山川之余，自然少不了品茶，有《九日试雾中僧所赠茶》一诗为证：

少逢重九事豪华，南陌雕鞍拥钿车。

今日蜀州生白发，瓦炉独试雾中茶。

那一年重阳节，陆游燃起炭火，以瓦炉烹茶，品尝雾中山僧人赠送的茶叶。不过，到底雾中茶滋味如何，他在诗里并未写出。可以想象的是，从少年时的雕鞍钿车，到中年白发的瓦炉清茶，人生的况味已经全然不同。一杯远离尘嚣的清茶，飘荡着雾中山的云雾气息，不仅有鸟鸣树影，更有禅的味道。这杯浸透禅意的茶汤，带给陆先生的体验，已经远远超越形而下的茶。

　　陆游嗜茶，他出生于越州山阴（今绍兴），这里是闻名遐迩的茶乡，唐代时，一个叫陆羽的茶人在《茶经》里明确记载："（茶）浙东以越州上。"陆游在一生的颠沛辗转中，遍尝各地名茶，先后写过300多首与茶相关的诗，或描绘茶农植茶做茶，或铺叙瀹茶之事，有的气息鲜活，有的空灵静寂，还有的看似闲适，实则情感基调深沉厚重，譬如这句"瓦炉独试雾中茶"，便有一份未曾道破的含蓄沉静。

　　此刻我关心的是，如此一盏既古老又新鲜的雾山茶，是何滋味呢？苍老如它，经历多少朝代更迭，若开口，该有多少鲜活的故事啊。

　　你说，茶当然是会说话的，你若能把自己放空，自然会听到茶的声音。尤其是古茶树，茶韵独特，有心之人才会领略到它的妙处。

　　夜凉如水，楼下金银花的清淡香气似有似无。这裹着药香的芬芳，让人清心。今夜闲心足，且放松身心，品饮一盏清茶。

　　净手焚香是准备，烧水温杯是准备，归根到底，是用心做准备，准备着聆听茶语。

　　轻轻旋开茶罐，用一根竹针拨动沉睡的茶叶，沙啦啦……茶叶纷纷落到茶荷里，声音欢快清脆，好似一阵细雨洒过。

　　鲜叶是清明后采摘的，采的是单芽或一芽一叶。山上海拔高，茶发芽得迟些，山下的新茶卖得差不多了，它才开采。真正的美好，总是姗姗来迟。

你说，枇杷茶来得不易，因为树高，树上披挂一身苔藓，村民采摘时需要搭上梯子，身系安全绳索，才能摘到树梢的嫩叶。乔木茶就是如此，生长慢、产量低，与小叶灌木茶相比，它们的香气和滋味均大异其趣。

果然外形便不同，干茶条索粗壮，色泽乌黑油润，细嗅，似有山林隐逸之气。

"噗，噗……"炉上山泉初沸。茶席上，盖碗已经淋洗，茶叶已经苏醒过来，做好绽放的准备。一道天外之水，如飞瀑泻下，与茶叶拥抱、交融。茶叶在沸水中翻腾，仿佛在欢唱。它在唱些什么呢？

不知何时，热热的茶香已然弥漫开来，细闻，分明是古树的沉郁香气。敛神入静，举盏之际，仿佛有整片森林从鼻腔里经过。

枇杷茶，是很多人想象之外的红茶。它的色泽并不红艳，香气也素净。茶汤黄碧，满瓯清亮。低头细嗅，一股来自山野的森林和苔藓气息，有点类似薄荷的幽幽清凉，向上游走至鼻腔，再弥漫于整个颅腔，这个过程仿佛一朵荷花瞬间打开，悠悠绽放。

一盏饮罢，口腔中的涩味逐渐转化为丝丝甘甜，还有一种隽永的香，古雅而清新，醇厚而空灵。这香甜携带着古树的精魂，浸润肺腑，游走于经脉之间。闭目凝神，恍惚间，我听到山间的松涛汹涌、风声呼啸，甚至云雾吞吐。

枇杷茶的好，刚入门的人是喝不明白的。你说，它是不显山不露水的，有老僧一般的静定，香气内敛，烟波浩渺，云山苍茫。

喝茶确实是需要阅历的，就像人生，走过很多桥，当浮华褪去，才能捕捉到一丝生命真相的讯息。忆及习茶之初的我，被乌龙茶迷得魂不守舍，尤其醉心于单枞，什么桂枝香、蜜桃香、芝兰香……后来移情别恋，喜欢上红茶，动辄与人探讨滇红的红艳浓稠、祁红的蜜糖香，以及正山小种的桂圆香、松烟香，诸如此类，吵吵嚷嚷，喝得热闹。五色令人目盲，五味令人口爽，只有翻越过千山万水，在茶的江湖里历练一番，最终，千帆过尽，心态平和，再来细细啜饮这盏雾山茶，才终于吃出它的好。

也许，所有的漂泊，都是为了回归。

泡枇杷茶，要掌握好投茶量，不可贪多。你说，事茶日久，渐有心得，所谓淡中知味，所言不虚。任何一种茶都不能泡浓或闷久，太浓的茶味会遮盖住茶香。只有在淡茶中品出滋味，才能真正感受到茶的清醇、馨香和韵味。这不容易，需要时间和历练，需要灵敏的感受力，更需要心境。

那时的陆游，从茶汤里喝出了什么滋味呢？偶翻《宋史》，瞥到两句："范成大帅蜀，游为参议官。以文字交，不拘礼法，人讥其颓放，因自号放翁。"我心生困惑，陆游怎么能与"颓放"二字画上等号呢?

陆游本是心系天下、积极入世的，他一心想要建功立业，入蜀之前有过金戈铁马的经历，却又屡次被朝廷以莫须有的罪名罢黜。乾道八年（1172），一个细雨蒙蒙的日子，四十多岁的陆游骑驴入蜀。巴蜀偏远，远离朝廷，彼时的锦城正值花团锦簇的繁华，"当年走马锦城西，曾为梅花醉似泥"，陆游似乎被这份世俗的欢乐所吞没，他自号放翁，的确是有点自我放逐的意思。然而，那些纵酒之乐、声色之欢，都会被一阵风吹去，当曲终人散，当酒宴已冷，最终浮现出来、自始至终伴随他的，还是他报国无门的痛楚。靖康之耻、恢复之志，对于陆游来说始终是过不去的坎儿，或者说是他的精神底色。

彼时，与陆先生一样心怀忧患的不在少数，譬如跟他同时代的辛弃疾等人，一心想重振大宋雄风。现实过于骨感，光靠一颗赤诚之心、一身文武本领，根本没法实现理想。南宋小朝廷本就是修罗场，多少人想偏安一隅，多少人想养寇自重，多少人在权力的游戏里玩得不亦乐乎。到底还剩多少人，真的想着北上收复失地？陆游不知道，辛弃疾也不知道。大宋帝国这艘曾经精致坚固的帆船已经千疮百孔，四处漏水，在惊涛骇浪里一路颠簸，最终彻底覆灭。

我忽有所悟，陆先生喝的雾山茶，滋味想必难以言表，欲说还休，不过是，只道天凉好个秋。"瓦炉独试雾中茶"，含着一口茶水，我又想起这句诗，觉出其中有霜意，季节已经走到深秋，重阳节的菊花开满山岗，溪水清，浅，亮，水底的石头裸露出来，水边的芦荻早已白头，一点点在风里摇曳……处处有霜意，人在其中，却不能说出一句话。

无可奈何，权且在一杯茶里安顿身心。幸而，人活在世上，还有茶相伴。人在草木间，若是能借助一杯茶沟通天地自然，还有什么不能释然呢？

赵朴初先生写过："空持百千偈，不如吃茶去。"先生一语道破，喝茶不仅是润喉吻、破孤闷，在这个纷繁复杂的大千世界，茶中自有朗朗乾坤、清风明月，有生命的觉醒与自由。

"来，看一看古树茶的叶底。"你的话音打断我飘忽的思绪，回到眼前，你用茶针挑出完整的一片，摊于桌上。枇杷茶的叶片很大，有绿色锦缎似的柔滑，摸起来，感觉叶脉有筋、有棱角感，并且有韧性，不易断裂。这是茶在诉说它的年龄。

雾中山的古茶树，有的已有上千年，树干长满苔藓和白斑，脚下是山石杂草。茶圣陆羽曾经指出，"野者上，园者次""其地，上者生烂石"。雾中山的枇杷茶正好具足以上条件。

我说，改天想去看看古茶树。你点点头，正色说："好山好水出好茶，好的生态是好茶的先决条件。如果你爬过茶山，造访过深山里的古茶树，对茶的理解和感受会更深入。"

你往品杯里续上茶汤。七八泡之后，茶味已经淡薄，但汤色依然明亮，茶汤表面蒙着一层变幻的白气，仿佛荡漾着无数场春花秋月。我想，这道雾山茶，是不是更加接近于禅之味？

喝过这么些年的茶，越来越觉得，茶，就是人生的味道。年轻时饮茶，迷恋于茶香和茶色，夜里做梦也是浓艳香郁的一碗茶。年近知天命，见山是山，见水是水，我知道真正的好，就是素朴和干净，没有浑浊之气，就像面前的这盏茶，看似平淡，实则丰盛，它会给予我们充分而深刻的体验，也会指引我们离开浮华。

今夜，万籁俱寂，唯茶声鼎沸。我们与一杯雾山茶对坐，与陆先生隔空共饮。

不知何时，已然口舌噙香，肺腑生春，神游八荒。

这款茶名叫"山中客"。浮生如寄，谁都是过客，包括陆游，包括你我。

雾中有此鸟，鸣声清绝，正如捣药。

捣药鸟

白发无情日日生，散愁聊复作山行。

幽禽似欲嘲衰病，故学禅房捣药声。

厚朴

捣药鸟化作

满山药树

　　那是12世纪70年代的暮春，在草木葳蕤的雾中山，云雾在山谷里悠游，绿色在肆意流淌，几乎要将人的衣裳濡湿染翠。一丛丛野绣球、扁竹花，盛开在路旁和山涧边，像落在山野的诗句。

　　在山径上，有人拄着竹杖徘徊，山风吹得长衫飘荡，他花白的头发也在风中纷飞。他不时停下脚步凝神伫立，似乎在聆听泉流，或许在嗅闻野花的芳香，更有可能是在侧耳谛听山中的鸟鸣。

　　鸟声真多真密，叽叽，喳喳，咕咕咕，笃笃笃，悠长繁复，融合交汇，在鸟声的海洋里，他突然听到叮当、叮叮当……这奇怪的鸟鸣，清亮得近乎透明，鸣叫的鸟像是在执拗地做一件事，对，是在捣药！

捣药鸟

白发无情日日生，散愁聊复作山行。

幽禽似欲嘲衰病，故学禅房捣药声。

归去后，他写下这首诗，并在标题下自注："雾中有此鸟，鸣声清绝，正如捣药。"这个人，就是南宋诗人陆游。这首诗后来被收入《剑南诗稿》，与他在巴山蜀水间写下的许多诗歌一起，成为时光河流里闪闪发光的珠宝。

于是很多人知道了，在遥远的蜀地，有一座山叫雾中山，山里有一种鸟叫捣药鸟，它们隐匿在葱茏树丛中，鸣在朝晖中，唱在暮霭里，伴着风雨、泉声，一声声叮当、叮叮当，时紧时慢，时高时低，悠扬婉转，酷似僧侣和药农杵药的声音，因此人们称这种鸟为"叮当鸟"，又唤作"捣药鸟"。

八百多年后的春天，雨水节气刚过，我穿着运动鞋，一脚踏进雾中山。天气薄阴，依旧是林木苍翠，雾霭在山谷里飘荡，雾山河在山脚下流淌，带来潮润清新的空气。山林里时有婉转鸟啼，悠悠忽忽，叽叽，喳喳，咕咕，呖呖……还是春寒二月，鸟儿们发出的是一些短促的音节，似乎在怯生生地试探着，也难怪，冬季过于漫长，已经小半年不曾领略歌唱的快乐，长久的沉寂令它们几乎失去对嗓音的掌控。

我用心分辨着，想从群鸟的合奏中捕捉到捣药鸟的鸣声。然而，没有。

我只看到满山草木，闻到药草和树叶混合的幽香。近年来，当地药农为了增收致富，遍山种植药树，我认识的有厚朴（pò）、黄柏（bò）、杜仲，以及林下种植的黄连、白芨、重楼等草药。

厚朴是我极为喜欢的一种中药，名字美极，指向厚实朴拙、深厚质朴，仿佛在提醒人们，这是为人处世的理想境界。它们是高大的落叶乔木，每年春天从枝条顶端轮生出狭长而大片的绿叶，初夏时开出形似玉兰花的美丽花朵，仿若飞翔林间的洁白小鸟，花谢后会结出圆柱状的聚合蓇葖果，造型奇特。厚朴全身都可入药，就连花朵也是极好的药材，归脾经、胃经。

山中另一种乔木是黄柏（古代写法为黄檗），它的树皮是运用广泛的中药材。我曾亲见人们采收黄柏树皮。在林间长到10年以上的黄柏，就面临被砍伐剥皮的命运。山民把树锯倒，先用锋利的镰刀纵向划一刀，再一段一段环剥，剥下的龟裂树皮堆积于地，等待被卖掉。山民说，人活脸、树活皮，没皮的树活不了，不砍也只有死路一条。

被剥皮之后的光裸树干，明黄色，尸体一样横陈在林地草丛间。我看到它们，无端地联想起动物被宰杀剥皮的惨状。人说，不仅黄柏，这满山的厚朴、杜仲，也都被如此割取树皮。我大惊，莫非这些树的生命意义仅在于提供树皮吗？它们难道不是一幅四季流转的风景吗？

再次看到山民挥舞刀斧朝向黄柏，我突然感到疼痛，那刀尖划开树皮，仿佛切口在我的身上。

什么叫理所当然？主张物尽其用的人看到的只是树的用途。砍伐进行得毫不犹豫。砍树的噪声惊飞林中的鸟群，它们鸣叫着飞远了。林中的捣药鸟呢？不闻其声，更不见其影。我甚至怀疑，这种鸟究竟是真实存在的，还是仅仅是传说？陆游当年真的听到过捣药鸟的声音吗？

古人曾经对捣药鸟进行探究。明末诗人董斯张在《广博物志》卷四十八中说："葛仙公尝于西峰石壁上石臼中捣药，因遗一粟许，有飞禽遇而食之，遂得不死。至今夜静月白风清之时，其禽犹作丁当杵臼之声，名之曰捣药鸟。"也就是说，这种鸟无意中服食了仙翁葛洪的一粒粟，从此获得长生，在山林里夜夜鸣叫出杵臼一般的声音，以此纪念仙翁。

董斯张所说的"西峰石壁"，指的是位于安徽省青阳县境内的九华山。该山山峰奇秀，药草极多，据说葛洪曾在此炼丹采药，又据说，九华山至今仍有捣药鸟。

清代进士陈元龙在《格致镜原》卷八十一引《九华山志》云："捣药鸟形罕见，春夏之间，月夜独鸣于深岩幽谷之中，啼曰克丁当，宛如杵臼敲戛之声，清亮可听。"

捣药鸟飞越千山万水，出现在西蜀的雾中山。雾中山是古时著名的佛教圣地，据说是古佛弥陀的道场。当年陆游流连于雾中山，一口气写下五首诗，笔涉青霞嶂、碧玉潭、雾中茶等，至今读来，山川之美、茶汤之香仍跃然纸上。

在陆游诗中啼鸣的捣药鸟，八百多年后飞去哪里了？是否已化作满山药材？满山的黄柏、厚朴、杜仲，是不是它们的转世轮回？它们是受领仙翁之令，用这样的方式救度苍生吗？

我坐在电脑前浏览网页，找到一些零星记载：捣药鸟，又名叮当鸟，学名棕噪鹛，国家二级保护动物，属雀形目画眉科，只有拳头大小，羽毛鲜丽，性羞怯、善隐藏，不易见到。它们在山林里穿越，像精灵，同时也像一道幻影。

雾中山胜境，灵草异香，古茶树、野生药材、鸟类都多得难以胜数。这座以云雾命名的佛教名山，千百年来始终包裹着一层幽玄莫辨的神秘面纱。史载，雾中山在明代声名鼎盛，庙宇楼阁林立，僧众数千，香火旺盛，远近闻名。写过名句"青山依旧在，几度夕阳红"的状元杨慎，曾数次入山览胜，留下《开化寺碑记》等多处墨宝。明末清初，雾中山众多寺庙毁于战乱，从此衰微。而今，从山脚沿着青石路逶迤而上，散存的石阶、古碑、石坊、照壁、佛像等古迹随处可见。山风吹过，树影婆娑，在默默地述说着无常。

盘桓在雾中山的陆游，彼时不过四十多岁，作为中国诗歌史上的长寿者，他的人生还有漫长的道路要走。故事如山势连绵起伏，当所有的起承转合奔涌而来，又呼啸而去，灵魂经历跌宕。多年后，他提笔写下组诗《一壶歌》，其中有这样的句子："长安市上醉春风，乱插繁花满帽红。看尽人间兴废事，不曾富贵不曾穷。"

一个人走在春风浩荡的街市上，手提着酒壶，帽子上歪歪斜斜地插满繁花，路人只道他率性风流，谁又知晓，人世间起起伏伏是再正常不过，最终"不曾富贵不曾穷"，有的只是对生命的体验。我从这首诗里读到陆游的通达，他已脱离是非，了断得失念想，净心守志。陆游一生颠沛流离，顺逆煎熬，最终彻底释然、心无挂碍，这是否与中年时的蜀中岁月有关？与雾中山佛教文化的濡染有关？

没有什么永恒不朽，一切都是不确定的，这是唯一能够肯定的事。千百年过去，只有满山的树和鸟犹在，它们才是雾中山的主人。

此刻，天空蓦然亮了些许，太阳探出头来，头顶的树荟郁，叶缝筛下光点。这只鳞片羽的光点，被筛得洁净且温暖。有阳光的照射，鸟声忽然喧哗起来，哗得耳鸣，哗得眼花。

我还是没有听到捣药鸟的声音。站在青苔遍覆的"雾中第一禅林"石坊下，忽听得"咕咕咕咕——"的悠远歌声，我的耳朵顿时被抓住，童年时熟悉的鸟叫，多么亲切啊，是四声杜鹃！它唱的是什么呢？孩子们听了，说它在唱"豌豆苞谷"；惦记庄稼的农民听了，说它在叫"割麦割禾"；夜里失眠的人听了，说它在唱"光棍好苦"……

"感时花溅泪，恨别鸟惊心。"读过杜甫的《春望》，我觉得一个人看到什么，听到什么，无关乎眼睛和耳朵，关乎心。就像这首《捣药鸟》，陆游听到捣药鸟唱歌，感觉它在嘲讽自己白发暗生、衰老病颓——"幽禽似欲嘲衰病"。彼时的陆游，空有报国壮志，却只能在南宋的一角天空下嗟叹。蜀地山水美，但他"豪举每嫌杯绿浅，痴顽颇怪鬓丝迟"（《九月三日同吕周辅教授游大邑诸山》），说白了，还是不甘心。他的满腹浓愁，是雾中山的翠色无论如何也化不于的。

春天是令人忧伤的季节。我想对时空那头的他喊一声：陆先生，你可安好？捣药鸟踪影何在？陆先生，安心之处即为吾乡，自古兴废皆常事，唯有自然生生不息，不如且住下，携一张琴、一壶酒、一溪云，在雾中山"终焉于斯"，有捣药鸟为伴，身心清凉，岂不快哉？

我的呼喊落进深林，像一滴水融进泥土。厚朴树被砍倒的地方，有人已经种下新的树苗，翠叶在风中招展。春渐深，绿意渐稠，人在山里，肉身也几乎消弭无影。只有捣药鸟化作的无数药材，与山林溪涧同在。

凤凰鲸柏，
你是不是传说中的鹏

凤凰鲸柏

那棵树，两千多岁了。2023年，它被评为四川省"十大树王"之一。不过，荣誉对它而言，仅仅是天边的浮云，风一吹，云就散了。活到两千多岁的树，已经不是树，而是神仙，他通透自在，无拘无碍，且在天地里做一番逍遥游。因此，与其说我们去探望一棵古树，不如说是去寻访神仙。

那天正是春分。出城西，驱车上山，满眼新绿。大约二十公里，就来到大邑县凤凰山，山不高而秀丽，林不深而葱茏。耳边始终有水声，石缝里泉流潺潺，汇聚成清亮的沟渠，滋润得满山草木青葱。

那棵仙树，是一棵罗汉松。但是，无论在泛黄的古籍里，还是在野老的口中，它都叫鲸柏，因为长在凤凰山，又称凤凰鲸柏。

明明是罗汉松，为什么被称为"柏"呢？查一下植物辞典，原来，中国民间对罗汉松的称谓真多，罗汉杉、金钱松、仙柏、罗汉柏，凡此种种。看来吾乡人称它为柏，也是情理之中。但为何又冠之以"鲸"呢？庞大的海洋生物，与它有何干系？

带着满腹疑问，我们走进群山的褶皱里。

同伴说，罗汉松适合做盆景，他去年冬天成功移栽几棵，今春已经发芽，披针形的叶条翠绿茂盛，很有韵味。我说那年去日本旅游，也看到许多罗汉松，被修剪成各种造型，苍劲高古。罗汉松是风水树，植株高挺，四季葱翠，气势豪迈。

罗汉松的果实特别有趣。我曾在峨眉山的寺庙里见过许多，灰蓝的果实圆润光滑，恰似和尚头，果实下部是紫红色花托，犹如罗汉的袈裟，两者组合在一起，活脱脱披着紫红袈裟的光头罗汉。后来，在大邑城东的赵子龙祠墓旁边，我看到几棵百年罗汉松，同样年年结果，摘一颗入口，滋味清甜。

事实上，在中国大地上罗汉松并不罕见，树龄上千年的也不少。罗汉松是出名的长寿仙翁，如果没有遇到意外，生存时间非常之长，且适应能力极强，地不分南北，均能栽种。

汽车在九曲十八弯之后，停靠在大鹏村村委会旁边。同伴说，到了，看，好大一棵树！在蓝天白云之下，它矗立在山谷里一处开阔地带，仿佛拔地而起，直插蓝天。满树枝叶披覆，垂荫如盖，如巨翅伸展，气势雄浑。铭牌上记录着一些测量数据：树高20.5米，胸围4.84米，冠幅19米。我用指尖触及树皮，质感无比坚硬，有如铁石。尤其是露出地面的虬根，缠抱着树下岩块，用力书写的是"时间"两个字。

我们站在树下，一时说不出话来。仰望它，聆听它，我似乎觉得，某种慈音正拂过红尘，穿过时间而来。

漫漫两千多年的光阴，被收纳进古树的细密年轮。从一棵幼苗长成参天大树，它经历过哪些故事呢？它若开口，随便讲几段，都是惊心动魄的吧。我们看老树，苍古高峻，而在大树眼里，我们又是怎样的生物呢？世人在爱恨情仇、功名富贵里沉浮，如同孩童醉心于游戏，在大树眼里肯定十分可笑，在它看来，我们不过是朝生暮死的蜉蝣吧。但也许，古树不会嘲笑人类，它只是以光明安详的微笑注视世人，借助风吹树叶的沙沙声讲话，你若听懂，就能看到宇宙人生的真相，就能将当下融入永恒，将有限融入无限。

两百多年前，一个名叫宋载的江南文人，在担任大邑县令时专程造访这棵古树。他站在这棵凤凰鲸柏前，感受它的巍峨气势，震撼之余，一首诗脱口而出：

紫柏森森不计年，凤凰遥度暮山烟。

公余拾翠春相向，欲向骑鲸上九天。

透过诗句，在山岚叠翠、云烟缥缈中，有一株古树恰似浓墨的大鹏，凌空欲飞。它是苍老的，却绝不破败，以执着和博大，铸就自己的王者风范。以至宋载也恍惚了：大鹏鸟，能否借你之力直上九天呢？

我们围绕古树走了一圈，附近有一些残损的照壁、经幢、佛像、柱础等，牵引着人的目光。照壁上有字迹，已湮没难辨。听说，这些都是始建于唐代的凤凰禅院的遗迹。早年间，凤凰禅院面积达两千多平方米，第一道与第二道山门的海拔落差约七百米。庙宇多重，梵唱不绝，香火旺盛。虽然庙宇今已不存，但寺旁的这棵鲸柏依在，成为证明和坐标。

鲸柏健在，它的庞大、挺拔、强壮，是这片土地的荣光。

斗转星移，在漫长的光阴里，不知它经受过多少风雨、雷电、寒雾，甚至战乱兵燹也未伤害到它。多么幸运啊——我是说我们人类，两千年后，居然还能与它在同一个时空点产生交集，目睹它的蓊郁。

是谁将它命名为鲸柏？我再次仰头看树，它太高了，从低处往上看，只见无数叶片背面有银光闪耀，极像鱼鳞。它是海洋里的一头巨鲸幻化而成的吗？想起庄子的《逍遥游》："北冥有鱼，其名为鲲。鲲之大，不知其几千里也；化而为鸟，其名为鹏。鹏之背，不知其几千里也。怒而飞，其翼若垂天之云。"

凤凰鲸柏，我想呼唤你一声——鹏。曾经有一条名叫鲲的大鱼，化身为一只名叫鹏的巨鸟，翱翔苍穹。无意中抖落的一根羽毛掉落人间，化作这棵树，同样硕大无朋，气势浩荡。

鲸柏树上悬挂着许多红布，村民将古树供为神树，向它祈求福寿。吾乡有个习俗，五行中缺木的小孩需要认树为再生父母，以求补缺，所以，常有父母专门把小孩带来拜寄给鲸柏，让孩子认古树为干大（干爹），烧香、挂红、磕头、放炮，所有仪式一丝不苟。我想这不能简单归结为迷信，确切地说，是一种对树、对自然的崇拜。实际上，在人类的崇拜习俗中，无论东方人，还是西方人，都经历过对树崇拜的漫长历史。英国人类学家弗雷泽将《金枝》作为他的人类学巨著的书名，正是人类古老而普遍的对树崇拜的写照。

从古至今，以树为导师的诗人、哲学家不在少数，德国诗人、作家赫尔曼·黑塞写道："树木对我来说，曾经一直是言词最恳切感人的传教士。当它们结成部落和家庭，形成森林和树丛而生活时，我尊敬它们。当它们只身独立时，我更尊敬它们。它们好似孤独者，它们不像由于某种弱点而遁世的隐士，而像伟大而落落寡合的人们，如贝多芬和尼采。世界在它们的树梢上喧嚣。"

在一次读书会上，某位文友曾经深情地朗诵过这段话，她情绪饱满，全场肃然，大家专注听着，有人眼里闪着泪光。那一刻，我眼前浮现出凤凰鲸柏的风姿，禁不住心潮起伏。凤凰山中那一棵古树，已经是神仙爷爷，正如黑塞所言，它就像落落寡合、矫矫不群的伟人，以沉静和安稳庇佑一方土地。那个村叫大鹏村，我不知道，到底是村因树得名，还是树因村而名，但可以肯定的是，鲸柏是村子的灵魂所在。它仿佛是一枚绿色印章，啪，从天而降，从此，这片土地便有了历史戳记。

古树把根须扎进时间的深处，餐风饮露，含英咀华，它成就的质地，是"慢"的精髓与结果。我想到老子受孕于母腹，八十一年乃生，出生时已须眉皆白。罗汉松也是一种缓慢成长的生命。它以岁月的悠远绵长，静静地昭示一个简单的真理：慢，才能抵达卓越。老子曰，"圣人行不言之教"，古罗汉松身上隐藏着天地和自然的全部秘密，兴许通过阅读它，人们能解开一些迷惑，得到些许启示。

没有任何生命比古树更慈悲，更有足够的耐心。有人说，来生想做一棵树。但是，人真的能像一棵树那样生活吗？树一旦扎下根，只要不被砍伐和移栽，脚下的这方土就是永远的家。相比之下，人总是在或大或小的半径里，忙忙碌碌地经营自己的生活，永不停息地追逐、奔波，从近到远，从远到近。有多少人能够真正安于现状？似乎生活总在别处，幸福也在彼岸。而树安安静静，每一天都相同，每一天都不同，对周遭的变动与停顿保持恒久的耐心。如此，百年千年，如同一瞬。

　　在一棵古罗汉松面前，我看见了时间。它是坚硬的，也是柔软的；它是古老的，也是年轻的；它是飞翔的，也是静止不动的。

扫码听书

与九子银杏的
两次谋面

银杏

　　有些东西是可以顾名思义的，比如九子银杏。

　　就说这九子银杏，它长在山林里，也活在民间传说中，还矗立在厚重的史志里。多年前我翻阅大邑县志，说是金星乡有一棵巨大的古银杏树篼，林业专家鉴定其寿命已在千岁以上。相传主干在明代时毁于雷电，人们皆以为其已死去，但后来树篼周围竟然长出九株小树；又经四百多年，九株小树已高大葱茏，巍巍然独秀于林，宛若九子相牵，气象非凡。

　　合上县志，故事在我心里生根发芽。那风雨中相携的九子，那大片金黄耀眼、风姿卓异的秋叶，不仅幻化成独特风景，甚至幻化成你我他。

　　何况，它生长于白岩寺山门前。寺庙位于一块极其巨大的白色沉积岩下，因此得名，传说在东汉永平十六年（73），由印度高僧迦叶摩腾、竺法兰两位尊者创建。历代多有高僧在此弘法传道，20世纪八九十年代佛学大师惟印尊者在此培修寺庙、精勤修法，终成大道。道场既为殊胜，其间的草木自然有灵性，更何况是一株千岁古树！一株涅槃重生的千岁古树，想想都令人敬畏，除了仰望和膜拜，连触摸树皮都觉得造次。

于是，趁叶黄时去看望它，成为很多人每年的惦记。在季节变换和时光流转中，看到它年复一年地高举着安宁、从容、自信，人的内心创伤似乎得到修复，并获得笃定和自由，坦然面对世间风雨。

我与九子银杏，有过两次难忘的谋面。

第一次是在2009年夏末，我和几个亲友结伴前往。表姐从外地回来，带来一个文静的姑娘。我约略知道，这是她和表姐夫领养的女孩，刚念完初中。在"5·12"汶川特大地震中，女孩的父母不幸双亡，机缘巧合，女孩遇到心地善良的表姐，从此成为他们的家庭成员。经历过大灾大难的人，故事往往会沉淀为某种精神的东西。我一路上都在有意无意关注着这对特殊的母女。果不其然，大家谈笑着，女孩却郁郁寡欢，神情里带着阴影。也许内心撕裂的伤口还在结痂，一碰就会流血，需要依靠时间去愈合。

我们踏入了一个银杏的世界。通往白岩寺的村道上，路两边都散落着或大或小的银杏树，它们色泽青翠，树干如松如杨。停车步行爬山，山上的银杏更多。叶片边缘已开始泛黄，很快，这抹黄将逐渐蔓延，取代深绿，转成黄金的色彩。林海里露出寺内白塔的一角，还有白岩寺的黄墙红瓦和五彩经幡。遥望山顶，一面陡峰雪白耀眼，那应该是传说中的白岩了，像座椅靠背，而两边山梁披着绿，绿缓缓围合，仿如座椅的扶手。这"U"字形的山势，有人说是极好的风水。

九子银杏就在寺庙门口的台阶旁边，与寺庙融为一体。黄色的树叶是飞舞的经幡。分明是一丛小树林，或者说是一树九子，九株同根，它们高大繁茂，相依相偎，躯干昂然向上，擎起翠盖。再看地上，巨大的古树筑近乎石化，表皮皴裂，满是纵横的纹路，触目惊心。树桩断裂处敞开黑黑的树洞，像是在撕心裂肺地呼喊。谁也不知道，当年的那场雷劈有多可怕，那深埋心底的秘密和疼痛，只有老树自知。

关于命运，这棵树是最好的诠释。千年九子银杏与寺庙、寺庙与亿年白岩相生一体，也许本身就不是一种偶然，而是自然——"道法自然"的"自然"。生命的意义已超越一般的生与死，生命的力量令人敬畏。勇敢面对灾难，站起来努力生长，才是最好的纪念，才是真正的不辜负。我们围着树，七嘴八舌地议论，发出一阵唏嘘和感叹。最后，大家站在九子银杏旁边的台阶上拍下合影。表姐又单独给女孩拍了几张。西瓜甜不甜？她大喊着，用力朝女孩挥手，鼓励她笑起来。女孩有些羞涩，嘴角微微上扬，一抹浅笑随即被咔嚓一声定格。

从山上返回后，表姐把女孩送到学校。高中开课在即，女孩的人生小船将要驶入更为辽阔的水域。我想，孩子也许并不理解表姐的良苦用心，但我理解，因为我和表姐都知道，润物细无声，也是一种道法自然。她之所以坚持要带这个有着特殊际遇的养女去看九子银杏，说的是开学前散散心，其实是有深意的。

此后，每当想起九子银杏，眼前总会闪过女孩漆黑的眼睛、沉郁的神情。树影和人影相互叠加，让我看到了生命和世事的无常。人和树都面对许多偶然，无法选择，也无法抗拒命运，只能接受。我心里沉甸甸的，默默地为女孩祝福。

转眼又过去几年，九子银杏一直沉淀在我心里。

崔健在摇滚里唱："不是我不明白，这世界变化快。"仿佛人们在忙了一阵子市场和赚钱之后，突然又想起了别的什么。在一夜之间，白岩寺和九子银杏忽然火了起来。一群摄友多角度拍摄的照片流光溢彩，在网上迅速传开。一时，白岩寺成为旅游地热点，为一睹千年银杏的风姿，狭窄山路上人来车往，热闹非凡。

今年秋天，单位组织登山活动，去白岩寺。同事们背着大包小包的零食和矿泉水，一路说说笑笑。阳光极好，头顶是秋天特有的钴蓝天空。村民在路边摆起密密麻麻的小摊，熏黑的腊肉、跑山鸡、老南瓜、红薯，还有刚挖出的带泥竹笋。老妇人摘下野菊花售卖，略带苦味的菊香，散发浓烈山野气息。这时候，银杏已经黄透，一树树金色耀眼夺目。

九子银杏再次劈面出现。

老实说，我这几年过得不怎么样。不，应该是我们。最近几年，在世界性传染疾病引发的各种显现中，我们看到共有的死亡恐惧、经济衰退等各种困境，以及个体微小身心所面临的曲折、磨难。我一时涌起诸多感慨，与这几年的波诡云谲有关，也与九子银杏昭示的生命课题有关。你看，它们九子同根、手拉手、肩并肩，形成树林，一身金黄，绝无杂色。无风时沉静安详，从容淡定；起风时满天金叶飞翔，有如天女散花。它不仅是一种风景，更是一种生命姿势——任凭风雨无情，我自从容不迫。人，能不能像树一样淡定呢？

我呆呆地对着这棵树，从不同角度仰望它。人声逐渐消退，那一座连一座的山，也从四面八方延向远方，直到天边的一抹青黛色隐隐约约，似有似无。

从东汉至今，白岩寺历经劫难，几毁几建，门前石狮早已风化，在雨露滋润下，长出苔藓。九子银杏站在那里，俯瞰着芸芸众生。它以千年不变之姿，默默接收一切。我的到来，就像一只鸟飞进山林，像一粒微尘落进土地。古银杏曾有怎样的动人风姿，怎样惨遭断躯，又怎样倔强地发育，终于长成九子连荫？

时间是什么？对古银杏来说，千年可能只是一瞬。

我的脚踩在银杏落叶上，阳光下，身影与满地的金黄叠加在一起，感觉自己也变成一片脆薄的树叶。世间的生灭变化，随时都在发生，世事无常，生命会有疾病和意外，人会死亡，但如果一个人在年轻时、健康时，深深地吮尽生活的汁髓，过得扎实，完完全全没有虚度光阴，将来就不会带着遗憾离去。

很多时候，人和树都在命运的轨道上运行，完全偏离不得，唯一能改变的是自己的心。想起那个曾经愁眉不展的女孩，时间过得很快，她已经大学毕业，脸上的阴郁已然灰飞烟灭，被飞扬的青春阳光取代。她工作勤奋出色，几度获优，并且也遇到心仪的男友，两人正在谈婚论嫁。她已经是一个内心有力量的成年人，表姐说。在向我讲述这一切时，表姐的双眼闪闪发亮，语气里充满欣慰。

那棵九子银杏是否给予了她触动？我问。也许吧，表姐说，当然，还有来自社会各方面的爱护。上高中以后，女孩变化很大，脸上的笑容越来越多。我知道，表姐疼爱女孩，甚至比对自己的儿子付出更多。归根到底，世间能够治愈伤痛的，只有绵绵不尽的爱。也因为爱，我们才能真正照见自己的灵魂。

我俯身捡起一片银杏叶，它是一把天然的活生生的小扇，叶片上有清晰的竖纹。用植物学家的话说，这种脉序叫二叉状平行叶脉，属于原始的类型，在种子植物中极为少见。我的手指抚摸过它，那么严密整齐的脉络，让人联想到秩序、稳定、恒久的信念。

银杏在地球上已经存活数亿年，神奇的是，它依然忠实地保留着亿万年前祖先的模样，比如扇形带凹缺的叶片，雌雄异株。化石里如此，现实中也是如此。正是因为这种遗世独立、穿越时空的风范，它被誉为"汉语里的菩提树"。想到这里，蓦然惊觉，这一刻，我拾起的不是一片落叶，而是银杏的漫长一生。它越过生与死的界限，来到我的手心里，比一本书更厚实、更深刻、更新鲜。

有谁能真正读懂银杏呢？世界奥妙无穷，与一棵古银杏相比，人算得了什么呢？真正的智慧，来自我们所不知道的地方。我们是谁？我们要归于何处？一阵轻风吹来，银杏叶纷纷扬扬；山谷里回音空荡，传递着寺庙里的秋声。

一路爬山，已饥肠辘辘。下山后，我们在乡村餐馆吃光了一桌农家菜，年轻的男同事还喝了当地产的玉米酒。他们说，这酒好喝。我也品尝了一下，摇摇头，不敢再端杯。我更喜欢这里的泉水豆花，味美可口，嫩滑鲜甜。心想，下次再来，还吃。说话的那一刻，我好像还置身山中古刹，站在繁华耀眼的九子银杏树下。

初冬的阳光照射在身上，暖和，舒适。

千年香果树又开花了

沉寂四年的香果树，今年夏天再次开花。这消息着实让人吃惊，像轻雷滚过天空，接着纷纷扬扬落下的，是各种议论和感叹。

四年前的一次盛大开放，也许消耗了太多能量，之后它一直岑寂着。毕竟，它已经有1200多岁了，比我们祖爷爷的祖爷爷还老。沉默的生长，是在一点点蓄积能量，终于再次爆发。

一旦开花，这喷涌而出的壮美，气势磅礴，让整个山谷都为之震荡。看啊，仿佛在一夜之间，老树吐出无数洁白的花朵，层层叠叠，郁郁累累，远看像一片祥云，像一座鲜花森林。走近了，闻到清新幽远的香气，纯净，如被雪水洗过，这香气用文字描绘很难，或者也很容易。它是来自自然的深沉力量。

人说，它不是每年都开花，或三年一开，或五年一放。山民说，香果树的果实其实并不香，花香反而更明显。真是咄咄怪事。又有说法，说这种树的花和果长在同一花序上，花期和果期部分交叉，一边盛开一边凋谢，又同时结果，也许古人误把花香当果香，久而久之就把它叫成了香果树。

真是神秘的树，连命名都充满奇异色彩。它让我想起荷花，满塘荷花就是众生相，未来的、已开的、凋谢的，花、叶、种子、莲藕组成立体时空，前世今生同时显现。香果树也是如此，它让人生发对无常的观照。

如果你来山中，适逢满树繁花，那是何等缘分。站在花树下，抬头凝望它，不要说话，阅读它，感受什么是力量，什么是慢，什么是厚积薄发。轻轻抚摸树皮，看它身上的裂纹、褶皱和白斑，那是对岁月的诠释。

山下，城里，许多人在热烈地谈论它，媒体航拍的照片和视

香果树

频被大量转发。屏幕中央，在交响乐的伴奏下，在青山环抱中的一棵巨树，千朵万朵压枝低，恍如梦境。镜头拉近，伞状花序，漏斗形花冠，挨挨挤挤，相互重叠，朵朵含笑，如同幽谷明珠，闪烁于青翠的群山之中。你看到了它的美，然而它的香，深入肺腑的香，你可曾闻到？

距离上次去看它，已经过去好几年。那个春日，它还没有任何开花的迹象。阳光洒满大地，雪水汇成河流，哗哗流淌，一株苍劲古树雄踞于河岸，依山而生、临崖而长，河流冲击着岩石，跌落出雪白的花丛。花丛摇曳，鸟雀鸣唱，与远山的宁静形成对比。

真是一株巨树，30多米高，四五人才能合抱，身姿挺拔伟岸，庞大的树冠如一把巨伞，山风刮过，巨伞轻轻摇动，在蓝天白云下优哉游哉，逍遥自在。大树粗大的树干上，生长着许多槲寄生植物，根上长满青苔，更显出大树的古老，以及包容的胸襟。

远道而来的人，立在河岸，静静地打望香果树。历经十二个世纪的春雨秋风、夏阳冬雪，古树依然兀自沉默，岿然不动。它根深枝繁，尽情拥抱蓝天，枝干挑出骄傲的淡定。

香果树的花期为七八月。它选择在酷暑中开花，也许有深意。太阳毒辣，蝉声轰鸣。当所有的花朵都已远离，它却横空绽放，清凉、清爽、清淡，带着雪意。

它长在雪山的怀抱里。巍巍西岭，森林覆盖率高，植物达六千多种，其中不乏珙桐、冷杉、高山杜鹃等。雪山下，山泉汇成淙淙河流，滋养两岸的树木，其中就有它，千年香果树。

一百多年以前，一位叫亨利·威尔逊的英国植物学家不远万里来到中国四川，当他在横断山脉初见香果树时，激动得大哭起

来。那棵树静静地站在山林里，沉默不语，高举满树繁花，在雾霭和流岚里，等候着他的到来。他抱着开花的香果树，像拥抱隔世重逢的亲人。后来，威尔逊在写作《中国：世界园林之母》时，毫不犹豫地把香果树称为"中国森林中最美丽动人的树"。

香果树长在深山，它是有洁癖的树，需要干净的空气、湿润且肥沃的土壤。西岭雪山，便是它最好的家。它这么清高，怎么适合在城市里安家呢？

古来圣贤皆寂寞，它远离人群，是另一种形式的爱。就像头顶的星空，在它的光芒照耀下，一颗心都是亮堂堂的，一切的烦恼、颓唐，全部无处藏身。

香果树下次开花，会是哪年哪月呢？也许是明年，也许是十年二十年以后。那时，树犹在，我可能已经头发斑白、齿牙松动了。古树存在的意义，是不仅让人看见美，也看见人生的不可驻留。时光不饶人，那时即便拄着拐棍，我也要再去拜访它，在树下设一茶席，以茶香供奉千年古树。然后捡拾几朵落花，用丝囊收起，作为珍贵的纪念。清风徐来，水流淙淙，茶汤里倒映着雪山，锯齿形的山峰横亘于苍穹，仿若宣纸上奔跑的骏马。在花影与树影的摇晃中，谁能分辨什么是茶香和花香、什么是此岸和彼岸、什么是今生和来世？

这山间的宁静时光，似乎亿万年来，一直如此。

接王寺的古红豆杉

红豆杉

暮色苍茫。

古老的雾中山掩映在沉沉的暮霭中，一动不动，静静地呼吸吐纳。偶尔，传来几声鸟鸣，打破山中的寂静，更显得群山幽深静谧。满山都是树，嫩绿、翠绿、墨绿……层层叠叠的绿，如汪洋大海。就在这无边的绿里，不时会有乳白的云雾升起，如云朵，似莲花，若纱衣，像缎带，然后缓缓地飘移，再悄无声息地飘散，越来越远，越来越远……

我和同伴曾多次来到雾中山，甚爱此地的清幽。流连山色之际，印象最深的是接王古寺前的古红豆杉。这是一株高达三十米的巨树，姿容苍雄，让人一望便感到厚重的沉淀。算起来，它约莫出生在东汉时期，穿越近两千年的岁月，矗立在我们面前，并未老暮，依然枝繁叶茂，满树绿叶密密匝匝，蓊郁如盖，有君临天下的风范。

红豆杉的确是植物界的长者，是来自远古的孑遗植物。红豆杉起源于至少1.4亿年前，它见证了地球的变动，也见证了人类的崛起，在苍茫的时空隧道，人与古红豆杉相遇，令人惊喜，令人感叹。

这一次，我们来得正是时候，满树红果粒粒璀璨，在枝叶间闪烁，不可计数，且美艳绝伦，像闪亮的红色星星。同伴问，"红豆生南国"的红豆，是否就是红豆杉的种子？应该不是，诗句里的红豆是相思子，来自一种藤本植物。不过，红豆杉这么漂亮，红红的种子里埋藏着植物世界的秘密，也一样能寄托思念吧，而且是旷世的相思和乡愁。

红豆杉是裸子植物，跟银杏一样，那红果并非果实，而是种子，那鲜红耀眼的肉质体，便是假种皮，呈空杯状，环抱和呵护着里面的种子。这层种皮是鸟雀的最爱。此刻，它们正叽叽喳喳地跳跃于枝叶间，千年老树成了它们的游乐场。老树在风中沙沙作响，我似乎听到它的笑声。欢喜，发光，付出，给予，这是来自老树珍贵的深意。

很多植物书上都说，红豆杉的种子有微毒，人不可食用。我看满树晶莹红亮，树下也掉落无数，着实诱人，便捡起一颗品尝，滋味清甜。同伴说，还是浅尝为好，鸟儿的消化道短，即便有毒，也不会有事，人不能跟鸟儿相比。

雾中山多长寿老人，或许跟这株古树的庇佑不无关系。从某种意义上说，古树是一个村落的好风水。

这棵"红豆杉王"，人们用铁栏围护一圈，可远观，不许近前。当地有个传说，明朝时，有一伙歹徒闯进寺庙，破坏佛像，抢掠庙产。危急之际，红豆杉树上突然钻出无数大蛇，恐怖的蛇芯嘶嘶地吞吐着，吓得歹徒们惊惶失色，连滚带爬逃命下山去了。恶人走后，群蛇又集体消失。从此以后，古红豆杉树成为民众

心中的神树，人们管它叫"红豆大仙"，每年都会去朝拜。

所有相，皆为虚妄。蛇再可怕，也不及人性的贪婪与暴戾。我相信，那些蛇的出现，是为了威慑人心。这些传说，本是姑妄言之姑妄听之，但也确实为古树增了神秘色彩。在民众看来，它就像一尊护法神，矗立在古寺前，凛然不可犯。

在古树附近的草坡上，我们看到几棵红豆杉的幼苗，很瘦很纤弱，形如小草，却是小树，而且是耐寒耐旱的常绿树。如果它躲过人祸天灾，活上1000年是不成问题的。"十围之木，始生如蘖"，班固在《汉书》里留下这么一句，他在感叹，十围粗的大树，初生时只是一棵嫩芽。

除了古红豆杉，在这里，容易引发人们思古之幽情的，还有寺庙门前的"霞障关"石坊，据考证为明代御史王圻所题，笔力遒劲，至今字迹清晰。还有两尊石狮，威严雄厉，全身覆满青苔，年代已不可考，但从石雕的简洁手法来看，应该很久远了。

我们在古树前瞻仰一番，而后走进接王寺。有一位老年僧人坐在韦驮殿前的旧方桌前抄经，毛笔小楷，字极清秀，工整而有法度。为了不打扰老人，我们在他的身后安静地伫立着，看他用笔墨与白纸对话，在点横撇捺之间构筑自己的清净世界。书桌上，有几卷已经写完的《金刚经》和《地藏经》。

接王寺是当年开化寺的前殿，规模小，清静朴素，稍显残旧简陋，与山门外的石狮石坊和参天古树极不相称，难以想象这里曾经迎接过几代帝王。开化寺在明代盛极一时，当时的状元杨慎在《雾中山开化寺碑记》中称："开化寺者，雾中之丛林，禅教之总持也。"如今的开化寺只剩断壁残垣。

同伴告诉我，十九年前，他曾到接王寺拜

访当时年近百岁的果章长老。长老证量高深，是一位大成就者，去之前自己有些紧张。见面后，发现长老幽默亲和，一下子放松了许多。如今长老已经圆寂。他给当地群众留下的印象，是一位朴素和善的老和尚，几十年如一日地耕作、诵经、修缮寺庙、挑水做饭，听说做得一手好吃的素菜，土豆丝切得均匀薄细。

同伴是心念单纯的人，也因此活得洒脱。我向来佩服他，觉得他生活态度淡定。他说，其实并没有想那么多，很多事不往心里去，就不会影响心绪。我又想起红豆杉的种子，红艳耀眼的美，需要那么多的因缘聚合，阳光、水分、土壤，还有漫长的时间，才能成为一棵树，一棵参天古树。它何曾想过被加冕、被膜拜、被封神？它只是如实地活着，活成了一棵红豆杉。

临走之际，我们再次站立于古红豆杉前，向它恭敬作礼道别。夕阳的余晖洒落在古树繁茂的枝叶间，金光点点。我忽然想，与其说它是一株千年古树，不如说它是一位在此坐禅的修行者。我仿佛看到一位入定的老僧，端坐凝神，面容无悲无喜……

古刹、古树，停留在时间里的事物，彼此相伴，彼此照亮，它们是一体两面。

公馆柚香

柚花

　　安仁古镇的老公馆里，几乎都有柚子树。公馆是百年公馆，庭院的老树自然也都是百岁树。甚至可能当年栽植时，它们便已是大树。

　　看起来，这些老柚子树依然年轻得很，每年开花繁盛，结果累累。满树悬挂的绿色硕大圆球，源源不断释放着清新香味，勾引着人的味蕾，让人望之生津。让人意外的是，柚子并不好吃，有人尝试剥开一个，苦不堪言。它们是老品种的柚子，如今只负责审美。

　　最美是柚花开时。先是冒出些淡绿花蕾，状如子弹头，慢慢变浅黄，变深黄，快要开时，褪黄而成乳白。即便到乳白，它也不急于张开花冠，还要继续矜持几日。那时，就算你贴近花簇使劲地嗅，也完全闻不到香味。某日某时，突然微风轻拂，飞来一阵花香，清新而甘甜，幽香而绵长，夹带着一丝丝苦涩，那便是子弹炸开，柚花开了！

　　柚花比橙花大些，三五朵成簇，肥白丰润。开花总是在谷雨时节，我便寻找机会去安仁，在庭院里小憩半日，在时淡时浓的花香中漫步、静立，或者找一把藤椅，泡一杯春茶，半眯着眼睛，斜躺着做白日梦。那是一种远离喧嚣、心无旁骛的享受。遇到落雨，湿润的空气里，柚子花香幽微缥缈，像一只漂流瓶缓慢地游动，偶尔咕嘟一声，冒出一串芳香的气泡。

柚花能入茶。曾有人尝试用柚花与绿茶窨制，以弥补春季茉莉花香之不足。鲜柚花须得当日上午采摘，朵大饱满，色泽洁白，欲放或微开。据说柚花茶香气悠长，茶汤及茶底放置一天，香味犹存。我没喝过，很神往。

在安仁，柚树和公馆同样沧桑。今时今日，在空旷幽深的老公馆里，厚厚的青砖高墙隔绝车马喧嚣，隔绝红尘飞扬，构建出一方方安静之所。天井里青苔遍地，古旧的石缸里两三尾锦鲤一动不动，静悄悄的，仿佛睡过去了，又或者在凝神聆听什么——是在听风，听柚子花开，还是听天空中落下的鸟鸣？时光，仿佛在公馆里闭上了眼眸。

但在20世纪二三十年代，安仁也是极时髦的，鲜腾腾地站在潮流的风口浪尖，与小镇上嘟嘟叫的福特轿车一样招摇醒目。时过境迁，曾经的故事都被封存，像一册老版连环画。那些封火墙、小青瓦、牡丹花灰塑，斑驳陆离，不知它们是否还记得陈年的雨、旧年的雪。几张低矮的旧桌椅靠着墙，静静地发着呆，它们早已习惯时光的流淌，不再急躁匆忙。

古镇是宁静的。人们各自做点儿小营生，也不争利，彼此尊重，把日子过得缓慢温和，体会四季变换，以及牵着时光漫步的从容。人们纷至沓来，造访安仁，赞叹它、喜欢它，但到底喜欢什么，又有点说不清道不明。

老街入口处，上个世纪月份牌上的旗袍女人还站在墙上，以一种曾经摩登的方式注视行人。她身着一袭刺绣高领旗袍，身段被勾勒得起伏有致。女人妆容浓艳，眼波流转，在不露声色、欲说还休中，让人想起几个字：暗地妖娆。

旗袍美人兜售商品，是旧时常见的营销方式，类似今天的网红带货。但无论售卖香烟、香皂、茶叶，抑或可口可乐和保险，那时的商品总还蒙着一层温情脉脉的面纱。那时，人们不喜欢那么直接，而是把欲望的对象画在广告画上，把充满欲望的目光留在画外。不像今天网购泛滥，平台上直接兜售，各种廉价且来历不明的物品，各种直播、叫喊，形形色色，五花八门，明星也来助阵，物质主义甚嚣尘上。

旧时光里的人们，修建好庭院，便会栽植一些树木，让它们荫蔽每一个日子。栽几棵柚子，希望荫佑子孙，福泽后代，用柚子清芬提醒家人，积善之家方有余庆；种一株石榴，希望日子如石榴一般红红火火，而籽粒多的石榴，也寄托着人们多子多福的朴素希望；植几棵紫薇，意味着紫气东来，家业兴旺发达；栽几株玉兰，花开洁白清雅，寄托着主人对高洁品性的向往……凡此种种，愿望或诉求，都是通过家宅里的植物来表达，懂得的人看了，自然心领神会。这是古旧传统的表达方式，含蓄优雅，绵长而深情。

就像好的诗文，从来是意境美，言已尽，意未尽，淡淡几笔勾勒，短短几句话语，传达的情味却无限深广，可供长久玩味。这是一种从有限中见出无限的含蓄美。可惜这样的辰光貌似已经一去不复返，传统逐渐式微，旧有的审美方式渐行渐远，空气里弥漫着喧腾气息。

我在柚子花下想得太多，似乎小睡过去，做了一个悠长旧梦，梦里依稀还有浓郁花香。有人过来续水，我喝了一大口茶，心绪有些恍惚，脑海里浮出一句诗：

十分冷淡存知己，一曲微茫度此生。也许我已经老去，跟不上时代，也许我终究是一个老灵魂，只愿意在安仁度此余生。

四月柚花开，也是蔷薇的月份。走出公馆，沿着老街闲走，苔痕斑驳的老砖墙上，蔷薇吐出繁盛的粉色花朵，它们也有自己的话要说。街边的老式留声机里，一个女声在颤悠悠地唱："玫瑰玫瑰我爱你……"几十年过去了，这歌还在唱着。

今年的旗袍文化节来了，三三两两走过老街的女子，都撑着油纸伞，穿着各种式样、花色的旗袍。无论世间怎样风云变化，安仁仍保有着一丝丝古老韵味，这便是它令人着迷的味道，就像柚子树的存在，它与人默默厮守，已经道尽万语千言。

公馆柚香，也许，它们以近似于行为艺术的方式告诉人们，在新事物层出不穷的今天，该如何对风雅和优美抱有深深爱慕，对矜持和含蓄不失信仰，对历史与传统欣赏、维持和保护。

梨花树

金川多美人，多雪梨。

我在金川的日子里，总感觉每时每刻都骑着云朵在飞翔。

金川古树梨花

梨树

　　假设我是一棵树龄五十岁的梨树，我应该叫面前的老梨树曾祖母还是高祖母呢？

　　此刻，在清风吹拂的金川，我们与一片老梨树猝然相逢。它们的树龄均在三四百岁，每一棵树都吐出雪白的花朵，开得狂野繁盛，有寂然的欢喜。黝黑粗壮的树干上，贴着各自的名字："卓伟""盘登""供布""迥纳""吉丹"……不知是谁取的名字，也不知其藏语意思，但我相信，这些名字一定是华美或者雄壮的。当地人说，除了它们，金川全县还有180多株树龄在300岁以上的古梨树。

　　金川的梨花，与别处大不一样。

　　梨花在我心里，一直是单薄柔弱的形象。我居住的小区里也有几棵梨树，春来繁花满树，花瓣禁不住风雨，夜来风雨声，次日便是满地碎白。梨花似乎带着春愁，雨打梨花，容易让人联想到女子粉面的泪痕。"惆怅东栏一株雪，人生看得几清明。"这句诗是苏东坡写的，旷达如他，也有感慨和叹息，三春景不长，韶华易逝。

但是，金川的古树梨花，绝没有任何凄楚之意。每朵梨花都是茁壮肥大的，有结实的质感，开得郑重其事，仿佛突然爆炸，随即定住。细看，五片花瓣簇拥着，厚实有力，绝无任何敷衍，就像楷书，点横撇捺都是清楚的。风吹过来，满树梨花居然一动不动，不摇也不摆，镇定安稳。

也许是年龄在那里，阅历多了，见识广了，自然就淡定了，就像写在四川老茶馆里的一句话：余生很长，何事慌张？

每一朵梨花，都是冬天捎来的问候，它们身上有着雪花的胎记。白雪皑皑，白雪茫茫，光芒四射，让世界突然明亮。然而金川梨花的隐喻，却不是白，而是长寿，它们让我想起东女国的女王。

为什么金川有如此众多的老梨树呢？当地人说，梨树是从东女国那会儿开始种植的，当时部族迁徙至此，许多人劳苦病痛交加，女王遍寻良药，诚心祈祷，雪山山神恩赐雪梨种，从此大金川两岸漫山遍野长满了梨树，人们摘梨食用，顿时痊愈。部族人铭记恩情，年年不断增栽，也为后人植下温柔的祝福。

我愿意相信这个有情有爱的故事，尤其在看了真人版的梨花仙子之后，更是为这片曾经的女儿国深深沉醉。

金川多美人，多雪梨。很幸运的是，这次采风有红音老师同行，她是金川藏族人，一朵美丽的雪梨花。她的童年记忆里，梨子太多了，只有喂给猪吃："我们对硕大的鸡腿梨是不屑的，只喜欢大金川河岸没有主人的野梨，抓在手里大小适中，不仅仅有甜味，还有淡淡的果酸，那才是我们的最爱。"她的这段话让我印象深刻，以至于后来在阅读她翻译的书时，感觉常有一缕梨香飘过纸页。

四十多年前，一个暮春的夜晚，梨花开满山坡，和星辰一起闪烁，黑茫茫的无边深林被山岗的巨大阴影层层覆盖，一个乡村女教师背着一个男孩，牵着一个女孩，深一脚浅一脚，走在看完坝坝电影回家的路上。翻山越岭，来回走十公里崎岖山路，就为了一场电影。银幕开启了一个小女孩的梦，山外的世界很大，她渴望走出去，她要读书。

这个小女孩就是后来的博士红音。此后经年，她辗转于马尔康、成都，以及英国、美国、德国的许多地方，脚下的路一直在延伸。无论走得多远，关于故乡，关于自己出生地的嘉绒藏族的文化和历史，对她而言，始终氤氲着梨汁般的清甜和丰沛。在中国的文化语境里，"梨"指向的是分离、别离，但是，要知道，曾经的分离是为了更好的相聚，所有的漂泊都是为了回归。多年后，她在汉语、英语、古藏语之间自如切换，呕心沥血捧出一部部译著，《伊莎贝拉在阿坝》《威尔逊在阿坝》《长江流域旅行记》等，让我们得以窥见一百多年前阿坝州的风物人事。

金川是一片丰饶开阔的土地，自古以来藏、羌、回、汉等多民族在此栖居，文化深度的交流融合形成金川开放的胸怀，哪怕对待蓝眼睛黄眼睛的外国人，当地人也是坦诚友善的，也因此，有了英国女子伊莎贝拉留下的珍贵照片和文字记录。

红音说，在翻译伊莎贝拉系列作品的同时，她更深入地触摸到自己的故土，也对金川生出更多的热爱。悠悠岁月，苍茫往事，在高山峻岭、大小河流、松树环绕的溪谷、依旧巍然耸立的古老石头建筑之间，还有更多的秘密等待被发现。

当年的伊莎贝拉，可曾见过这些古梨树，品尝过甜美的梨子呢？可曾吃过香味馥郁的雪梨膏呢?

雪梨膏滋味浓醇，它是古老先民为季节创造的生活狂欢，它浸润着这片土地的记忆、力量和想象。每个吃过雪梨膏的人，绝对不会忘记这神奇的黑褐色膏体。只需一口落肚，春天的花、夏天的果、秋天的风、冬天的雪，都被吞咽下去，慢慢回味吧。

金川的春风，是柔情万和的。这一次，当我们在春风的邀请下走进金川万亩梨花，一路伴随的，都是关于金川的各种神奇传说。这片土地，注定是诞生传奇的地方。十几个民族在此生息繁衍，彼此碰撞交融产生的文化，斑斓万千，美如锦缎。那么多遥远的传说，现实耶？梦幻耶？我在金川的日子里，总感觉每时每刻都骑着云朵在飞翔。

春来江水绿如蓝，大金川河正在不知疲倦地向远方奔流，阳光洒在河面上，粼粼波光层层叠叠，好似裹挟着无数梨花的雪瓣，又好似千万条金鳞细鱼在翻腾游弋，也许，它们在追随阳光一路前行。

那些枝繁叶茂的老梨树，每到春天，就花枝招展地融入人们的生活，它们是金川的襁褓，更是金川的精神内核。对金川人来说，古梨树是人们情感的寄托，是家乡的记忆。它们在岁月的更替中，沉默地陪伴人们度过岁华，过去、现在，以及未来。

黄连木

羌山黄连木

一棵奇美的黄连木，矗立在山坡上。

像巨大的磁铁，它瞬间吸引住我，我投去自然而然的打量。树身高大，树姿优雅，树叶密匝，羽状黄叶被大风吹得漫天飘飞，再轻轻落地，铺散于山径、荒草丛中。捡起一片黄叶，俯身闻嗅，来自植物身体内部的气息和味道，传递着它的声音和语言。

这棵黄连木仿佛出现在梦境里。我是第一次来到这座山——准确地说，是一个小山岗。不过因午后无心的随意闲走，它突然就撞进眼帘，闯进心扉。

它到底是人为栽种，还是天然生长于此，没有人知道。一般人很少知道它的名字，它只是被林业员叫作黄连木，被当地的村民唤作黄楝树。据我目测，它的年龄至少上百岁了，但确切年龄，无人可以告诉我。这对于识树和不识树的人来说都无关紧要，重要的是它现在的模样，它打动人心的此刻。

它扎根在汶川，树干粗壮，仿佛是"撸过铁"的壮士，有发达的肌肉。

这次进入汶川，我是受命采访汶川的甜樱桃产业。"5·12"

汶川特大地震转眼已过去15年，这片土地如何自我修复，是很多人关心的。我也好奇，尤其是甜美多汁的甜樱桃，如何在贫瘠的羌山生存繁育。我预感，那甜美的果实里一定有很多很曲折的故事。

那日，天空灰蒙。汽车驶过都江堰，再连续穿过几个隧道之后，眼前风物陡然发生变化。两边高山耸立，险峻峭拔。山上植被稀疏，山色呈现苍黑或铁灰，一座连一座，就像一群奔跑的马，正在以各种各样的姿态和速度冲向更远的远方。

我就想，这个过去叫威州的地方，在经历了一场震惊世界的劫难之后，是否还威风不减。要说明的一点是，所谓的威，并不是单纯的高大巍峨、顶天立地。在和平年代，威应该有新的内涵。让广大人民群众过上幸福美好的生活，才是新时代最大的威，最美的威。特别是汶川，在那场大劫难之后能迅速重新站立起来，重建美好家园；老百姓能悠闲地采摘甜樱桃和脆红李，过上平和安详的日子，才是真正的重振威风。

当然，不是要否认自然的威。事实上，这一带的山峰，大都是由沙土和巨石堆积起来的，看起来威武陡峻，实则松散。也因此，汶川地区遇到暴雨天气经常会发生泥石流、滑坡等自然灾害，令人触目惊心。然而面对无常，面对各种生灭变化，再大的困难、再多的苦痛，汶川人都挺过来了。

这才是真正的威。汶川的威，在精神世界。

车过汶川县绵虒镇的时候，我被"虒"字难住了。都江堰作家罗鸿告诉我，正确读音为sī，古书上说的一种似虎有角的兽。明代学者曹学佺所撰《蜀中广记》记载："汶川县，汉之绵虒县也。虎有角曰虒，行水中，地有此兽矣。"绵虒镇因此而得名。绵虒古称寒水驿。我喜欢这个名字，闪着凛冽的刀锋般的光芒。

罗鸿曾经多次深入汶川采风，看得出她对当地文化颇有研究。听她娓娓道来，悠悠的历史气息扑面而来，仿佛打开一本厚重的史书。汶川是大禹故里。四千年前，禹领受神谕治水，救百姓于滔天洪水之中。从此，大禹治水的故事在民间代代相传，他的威武、坚强、智慧在中华大地广为流布，给后人带来激励。如今，每年大禹华诞，汶川儿女都会在位于绵虒镇的大禹祭坛隆重祭祀，击鼓鸣钟，敬献花篮，恭读祭文。慕名前来的人也很多，人们亲手挂上吉祥的羌红，聆听羌笛声在空中回转，笛声高亢且苍凉，仿佛是来自远古时空的呜咽。

汽车紧贴着雄峙的陡峰与奔腾的江水，绕来绕去。临近汶川县城，看到一尊巨型大禹塑像，头戴草帽、身披蓑衣、脚穿方口鞋。塑像是新的，故事却雄威沧远。车子停下，我走到塑像下面仰望，那一瞬间，沐浴在这位华夏始祖所散发的温暖光辉中，我觉察心中渐渐涌起的威武感，仿佛自己从沧远中走来。

滔滔岷江就在大禹脚下，江水绿中带黄，吹过的风仿佛携带着山河的声音和远古的气息。"天地玄黄，宇宙洪荒。"我在心中默念着。

灾后重建的汶川县城旁边，一座红军桥连接岷江两岸，也连接历史和现实。桥头两旁，矗立着红军和当地民众鱼水情深的主题塑像。据说当年横跨岷江的红军桥两次被毁，后来群众协助修复，红军主力顺利跨江北上。"5·12"汶川特大地震中，这座桥受损严重，灾后重建起更加坚固雄伟的铁索桥。重建桥，也是要重建一种精神。

站在红军桥上放眼望去，高楼耸立在河道两旁，马路上车来人往，一幅美好和谐的生活画卷跃然眼前。桥下湍急的河水奔腾不息，仿佛在讲述惊心动魄的往事。桥头两侧是林立的商铺、茶园、酒肆，是祥和平静的现代汶川百姓的日子。

走过红军桥，我们去探访对面的山。细看羌山，土层稀薄，岩石缝里却依然生长着各种植物。山上许多新栽的柏树，我不知道当地人为何大量栽种，也许是因为它们耐干旱、贫瘠，以此鼓励大家不怕困难，战胜挫折，勇往直前。又或许另有寓意，因为在植物文化里，柏树有转世轮回之意，是否以此纪念地震中逝去的生命，希望他们重返世间，开始新的生活？满山都是皱叶醉鱼草，叶片灰绿，开着密集的细小紫花，形成聚伞花序，闻起来有辛辣冲鼻的味道。野菊开得极为细瘦，灿黄，如点点繁星，跟我的家乡成都平原相比，这里的浅山也是威武的，野菊的叶片和花朵都是微缩版的，但摘一朵嗅闻，浓烈的香味直冲肺腑，令人惊叹。

草木如人，人如草木，古老的民族扎根此地，凭借的正是天地之间这种坚韧、勇猛的意志，以及他们对这一方水土的深沉热爱，同时也演绎着一个民族的坚韧威武和生生不息。伤痛终究会在暗夜后愈合，而信念始终像大禹一样万年不倒。

阅尽威武，悬崖边的那一棵黄连木还是深深震撼了我。

黄连木矗立在寒风中，树干疏而不屈，刚直挺拔，脚踩贫瘠的土地，它依然尽力生存，并且美得不可方物。与它相伴的，是远近一些瘦小的松柏。只有它站在高高的山岗上，昂然如旗帜。所有的风都朝向它吹，山河大地静默无言，只有它，用灿烂的黄叶尽情涂抹着冬日的天空。我相信，黄连木与松柏、岷江、大禹相聚相依于汶川，不是偶然，一定有某种隐喻。

因此，黄连木并不孤独。陪伴它的，还有天上飞过的一些鸟儿——有时衔着云朵，有时留下一声艰涩的暗语，便不知所终。在多少个夜晚，当山川河流都睡去，它也枕山而眠。黎明来临时，第一缕曙光照亮树梢，一切又是新鲜蓬勃的。它心怀茁壮，度过每一个日落和晨曦，把根须努力伸进时间的深处。

黄连木还有一个威武的名字，叫楷（音皆）树。据说中国最古老的黄连木，矗立在山东曲阜孔庙。相传孔子去世后，弟子子贡在墓旁结庐守墓六年，并把从卫国移来的黄连木树苗植于墓前，两千多年后，那棵树长成参天大树，成为岁月的见证者，引得许多人前去朝拜。于是我就想，楷树在植物王国里，是端正、庄严的代名词，它连接着某种精神的神圣。

与孔庙的楷树相比，羌山上的这棵黄连木是寂寂无闻的。但我认为，这不是被动的结果，而是它主动的选择。植物书上说，黄连木不怕土薄干旱，怕寒冷，羌山的冬季彻骨凛冷，但想必这棵黄连木已经适应，才会枝繁叶茂地屹立。天边似有悠远的羌笛声萦绕不绝，黄连木沐浴着天地辉光，如此傲岸，有着不服输的倔强，不惧孤独的力量。

我踯躅在树下，抚摸它皲裂、粗糙的树干，仰视它黄金的树冠，陷入长久的沉思。如果我是一只鸟，一定要飞来这棵黄连木的枝头，尽管我的歌声并不悦耳，我还是要为它唱一支歌。这样情意真诚，只因它是我的精神支柱。我想张开臂膀拥抱树干，与它亲近，聆听它的谆谆絮语，以便走好人生的下一步。思绪在风中飞扬，我想起这一次的工作任务，正式采访还未开始，先认识了这棵黄连木，它是我结识的第一位羌族儿女。

这棵黄连木，原来也如此威武。

桢楠

时光里独立的思考者

时间的秘密。

老桢楠树比人类更知晓

云峰寺的桢楠王

　　时间是什么？对奔波于职场的你来说，一年365天，每天24小时，每小时60分钟，每分钟60秒……堆积的事情太多，你需要争分夺秒，时间不够用。但是，对一棵桢楠树来说，时间是漫长的，它不争朝夕，把根系伸向土地深处，把枝干一点点靠近天空和云朵，就这样，慢慢悠悠地活着，转眼就是1700多岁。

　　老桢楠树比人类更知晓时间的秘密。

　　人们见到它就忍不住惊叹：多么伟岸、了不起的古树。人们还让这棵树走进中央电视台的《国宝档案》节目，叫它桢楠王，给予它国家一级保护的待遇。

　　它位于雅安市荥经县的云峰寺。寺是古寺，依山而建，名声很响，据说有很多名人都曾慕名而来。

　　我去参拜古树和古寺，是在一个深秋。扑面的风裹着寒意，吹刮得路边的梧桐树叶纷纷飘坠，大面积枯黄铺地，书写着季节的嬗变。顺着山道拾级而上，一大片参天古树闯进眼帘。原来，这里并不是一棵古桢楠，而是一片古桢楠，近200株古桢楠直冲云霄，虽已近冬，它们仍然绿冠凌空，遮天蔽日，撼人心魄。

云峰寺就掩映在这片古桢楠林中。不过此刻，最吸引我的不是寺，是树。入寺石梯两侧，两株桢楠树尤为粗壮古朴，遒劲的树干和裸露的树根透露出沧桑与厚重，令人敬仰。旁边的木牌说得清楚，这两株古桢楠伫立在此已逾千年，其中左边一株栽种于西晋，树龄超过1700年，确实堪称桢楠王。

"第一次看见如此古老的桢楠林，太震撼了！""树干真粗，好几个人才能把它围抱起来呢。"同伴连声称叹。初见这片桢楠林，谁的内心不被感动呢，在这些挺立千年的古树面前，我们都是微尘草芥，不值一提。

我想起，民间有一种叫作"团"的计量单位，这个"团"既不是军队的建制，也不表示某一团体，而是专门用来计算木材数量的。业内人士讲，一"团"，大约就是一立方米。那么，眼前这片古桢楠，是多少"团"呢？这不禁使我浮想联翩，这不是活着的兵马俑吗？整齐列队，排兵布阵，一棵棵高耸矗立，悄然弥散清芬。自然给予的，就是让我们痴迷，让我们领悟。我简直不敢相信它们真的存在，而它们就是真的存在。

桢楠在书中被叫作楠木，它是中国人喜欢的树木。茅盾在《白杨礼赞》中就曾提到楠木，并以楠木的"贵族化"去衬托白杨树的"不平凡"。但我想，若是先生见了如此高大雄伟的古桢楠，怕是要反其意而写，再来一篇脍炙人口的《桢楠礼赞》吧。

楠木珍贵，它纹理斜密交错，木质坚韧，细腻均匀，做成家具和手工艺品，价格不菲。古往今来，人们都将桢楠视为珍木，尤其是木纹里带有金丝的，更是贵得令人咋舌。金丝楠木的计价方法奇怪得很，不量长度，也不算体积，而是按重量来计算价值。由此可见，它们堪称木材中的黄金。

朋友喜欢木头饰品。他戴过一个金丝楠木的圆柱形装饰品，来自某观音寺前的一株桢楠树。那是一个电闪雷鸣、大雨倾盆的夏夜，寺庙前一棵数百岁的古老桢楠挺立在暴风雨中，昂然经受着这一番洗礼。次日，有人在树下捡拾到一段楠木树枝，因为觉得珍贵，就细细打磨出来，做成工艺品。成品让人目瞪口呆，楠木上不仅有绝美的金丝，还有一排形似梵文的花纹，仔细看，像六字真言。大家都说，那棵树在寺庙前修行几百年，已经具有灵性。

朋友把它作为护身符，一直戴在身上，时时摩挲，时间长了，木质越来越温润。他说楠木的木香深沉，有花香甜韵，令人放松。民间一直有"楠香寿人"的说法，到底楠木里有什么神奇元素，众说纷纭，也说不清。我只感觉，像楠木这样的美物是能够养神的，美是滋养，可以让人宁静心安。所以，有人说玩物丧志，我说玩物亦能养志。

我家客厅里有一张楠木茶桌，淡淡幽香，已经使用二三十年，堪比亲人。当年购买时也不算贵，不像这几年炒得厉害。多年前，桢楠原本是农民的儿子，随便走进一个村庄，人家的房前屋后，往往都有几株高大笔直的桢楠。它们大大方方地撑起绿绒巨伞，如同大鹏展翅，用羽翼守护家园，泽被黎民。

我在凉山州雷波县工作期间，惊奇地得知，当地山林繁茂，至今仍有大量古老的桢楠树。当地人说从前更多，马湖一带盛产金丝楠木，明清时期，桢楠被大量砍伐，沿着金沙江一路顺流而下，运抵北京，为辉煌宫殿做栋梁。据说，故宫里很多楠木橡柱，就来自小凉山地区。

可以想象，当年浩浩荡荡的伐木队伍，手执板斧，横渡金沙江，深入大小凉山，众里寻他千百度，乘兴而来，满载而归。"坎坎伐檀兮，置之河之干兮"，伐木工人的砍树声，与金沙江激越澎湃的涛声交响成一片；《诗经》中的劳动歌谣，与船工号子交响成一片。就这样，桢楠在深山老林里轰然而倒，然后被拖出，一头扎进波涛滚滚的金沙江，奔向烟波浩渺的长江，奔向纸醉金迷的帝都……雕栏玉砌应犹在，只是朱颜改。多少盖世英雄，消失在历史的烟尘里。多少丰功伟业，淹没在岁月的波涛中。只有那些来自深山的桢楠，依然矗立于皇家庭院，沐风栉雨，一站就是千百年。

曾被皇家建筑师作为首选的桢楠，若干年以来，由于生长缓慢，加之过度砍伐，成材成林的近乎绝迹。好东西越来越少。当人们发现它的稀贵，饥饿的眼光开始在大地上逡巡。有一段时间，它让很多人幸运地捡漏。如果弄到几块木板，再加些木料，可以给出嫁的女儿做一个衣橱；要是挖到一个树桩，则要打磨成一张精致茶桌，卖个天价。曾有一个最会捡漏的，花费几千块钱，买下几间年久失修的木屋。后来人们才发现，那座老旧房子，从上到下、里里外外全是金丝楠木建造，如果把它卖出去，可以盖几座楼。

好在，今日为数不多的桢楠树，没人敢打它们的主意了。就像云峰山的这片古桢楠林，已经受到政府的重视和保护。这是荥经桢楠的幸运，也是中国植物的幸运。

于是，这片阅尽人间兴衰的古桢楠，就成为我们仰望的方向。轻轻触摸粗壮黝黑的树干，凝望被光阴裁剪出的绿荫，我不由得为它们祈祷，岁月不居，青春不老。风吹楠木林，沙沙清响不绝，仿佛是来自古树的慈音。它们是真正的智者，是时光里独立的思考者。人心里有什么放不下的，不妨和桢楠树讲一讲。在岁月的长河里，它是渡河的船、引路的帆，收纳你所有的情绪和言语。它们会告诉你，时间的长短是相对的，所谓消耗和滋养都是内心的投影，孤独和热闹都是自己的。人和树都面对无常，无常不可测，无常也不可怕。当下要倾尽全力，勇敢而认真地生活。

在云峰寺，古桢楠树的气场是强大的。多年后，我想起云峰寺，居然完全想不起庙宇楼阁的模样，有人说起巍峨殿门，说寺里有很出名的太湖石、佛塔、碑亭，还有很多名人的墨宝，我完全茫然。那座号称"西蜀名刹"的庄严寺庙，竟被我遗忘得踪影全无，脑海里只有一个画面，深刻生动，那就是葱郁无尽的古桢楠林。那原始的脉动，生发出特有的呼吸，让人沉醉，让人欢喜愉悦，也让人寂寞悲伤。在这个时空里，你来看他，或者不来，古桢楠就在那里，泰然地活着，带来恒定的安全感。这才是经久不衰的王者风范。

也许，每一棵古桢楠树，才是一座真正的活着的寺庙。

辑

二

风

吹

故

园

爬山虎，无尽绿

爬山虎

刚刚过去的春天，看了太多姹紫嫣红，难免审美疲劳。突然一天，经过成都西二环路高架桥，眼睛就刷的一下亮了，每个高耸的桥墩上都覆盖着爬山虎，郁郁葱葱，如同倾泻而下的绿色瀑布。那么壮阔，那么美，活生生的绿，无尽的绿，它们在阳光下闪闪发光，如此清鲜养眼，生机勃然，让人不禁为之心旌摇荡。密密匝匝的叶子彼此交叠，不留空隙。风吹过，所有叶子都在摇晃，都在呐喊，都在绿海波涛中跳跃。

汽车在高架桥下行驶，仿佛是在森林里穿梭。几百个钢筋水泥桥墩，完全被爬山虎遮蔽，不仅噪声、尾气都被隔绝，就连人的焦虑、烦躁等情绪也都被这片绿意过滤，人顿时安静下来，心生愉悦。感觉它是一个屏障，同时也是一个恰到好处的介质和陪伴者。它们这样热情而真挚地活着，然而又安安静静，与时间同在。凝望它们，心里有一种无法言表的感谢之意，又好像不是"感谢"二字所能形容的，这是植物的温柔之心，是来自自然的深沉滋养。

爬山虎，成都人叫它巴壁虎，名字似动物，它也实在很像植物界的动物，用脚爪牢牢抓住墙壁，步步为营，抽出的嫩芽不断向上，去开疆拓土，好像只有一个执拗的念头——长高，再长高，朝着天空和太阳的方向不断努力。

这自带云梯的攀爬者，着实让人惊奇——如此攻城略地，需要什么样的本领才能做到啊。从前做语文教师时，教过一篇课文《爬山虎的脚》，课余也带孩子们去观察过，校园东边围墙便是爬山虎的世界。真是如叶圣陶先生写的，它们有脚，脚长在茎上。茎上长叶柄的地方，反向伸出六七根细丝，每根细丝都像蜗牛的触角，一旦触墙，细丝就变成小圆片，牢牢巴住墙面。紧接着，它再往上伸出新的脚，再紧贴于墙，就这样一脚一脚地往上爬。

孩子们围着一堵绿墙叽叽喳喳，有小手尝试去扯拽爬山虎的脚，却发现徒劳无功。那些紧贴墙上的植物的脚，比动物利爪还要坚硬有力，无法撼动。

爬山虎简直是一群了不起的攀岩运动员，又仿佛是游泳健将，在波涛汹涌的时间暗河里，它们心无旁骛地奋力游着，游得忘记了世界，甚至忘记了自己。

对于攀岩这样的极限运动，有人无法理解：为什么要冒着生命危险去挑战？是试图征服自然吗？自然又岂是人能征服的？我想，这样的猜测恐怕太小儿科了，攀岩中全神贯注于当下，一心一意带来静定，静定带来彻底放空，这才是最大的魅力吧。人总是被各种杂念困扰牵引，很难完全清空自己。当你完全沉浸在攀岩这样需要凝聚全神的事情里，是不是会产生类似禅定这样的深层喜悦呢？爬山虎的内心，一定也有这样不为人知的欢乐。

　　这些爬山虎，不知当初是谁选择栽植下它们，也许最初只是想给城市增添一抹绿，美学生活、诗意成都，怎么能缺少绿色呢？但是在人们的爱护下，爬山虎的疆域在不断扩展，它就慢慢变成一本展开的书卷，在四季变换中不断书写、刷新。它在进行一种如实和行进的写作：春夏是无尽绿，一派宁静祥和，是纡徐的散文；秋冬是斑斓的黄与红，那是爬山虎在浓墨重彩地写诗，它们点燃热情的火苗，为人驱走盆地里的潮湿阴冷。

　　爬山虎与这座城市共同呼吸，也让一颗颗浮躁的心安静下来。它们挡住灰尘，拨开浮华的迷雾，让人渐渐听到自然深处的声音，还有人内心深处的声音。

　　再匆忙的人，经过它们也会放慢脚步和车速，再焦灼的人，看到它们也会感受到一股绿色的凉风。它在提醒我们，停一停，等一等，让灵魂跟上脚步，生活不仅仅是颠沛流离、奔波劳碌，每个日子都是有重量的，它有美，有鲜活，有丰厚，还有悠长宁静和朴素诗情。

　　不知当年的孩子们是否还记得那篇课文，是否还记得校园围墙上的爬山虎。有次在地铁上，一个二十多岁的高大男孩朝我大声喊"老师"，我一时没有反应过来。他说："你不记得了吗？我是你教过的学生。"我只能微笑，孩子们都长大了，大多已参加工作，身形面貌都改变了，真的不容易辨认。我问他在做什么，他说，毕业后在一家测绘公司打工，后来辞职了，如今独自经营着一家宠物店，养了很多龟，喜欢小动物，照顾它们，觉得开心。他又说："老师，来，咱们加个微信，以后方便联系。"我们聊了几句，地铁到站，他说声再见便下车了，背着沉重双肩包的背影倏忽不见。

我打开手机，低头浏览他的微信朋友圈。果然，他养着各种品类的龟，大小都有，他还为它们取名字，从照片和配乐视频里，看得出他对小动物充满深情。从事自己喜欢的工作，一心一意，这样单纯质朴地生活，真好。

当下的生活方式多样多元，年轻人面对更多挑战，也拥有更多选择的可能。何为良好生活？行之于途而应于心。人或早或迟，总有一天会开始思考生存的意义，并因此走向逐渐开阔的世界。

再次经过二环路时，我推开车窗，望着爬山虎的葱绿，默默向它们问好。从一棵爬山虎的幼苗长成绿色瀑布，这是需要莫大的耐心才能完成的事情，人穿行在岁月的羊肠小道，同样需要极其巨大的耐心和韧性。所有时间里的生命，无不如此。

愿你每一步都像爬山虎一样走得沉稳扎实，永远充满生机，愿你一生都有无尽绿。

扫码听书

构树

谷田久废，必生构。

饵之一年，老者还少，令人彻视见鬼。昔道士梁须年七十乃服之，转更少，至年百四十岁，能夜书，行及奔马，后入青龙山去。

构树的狂想曲

构树

　　"谷田久废，必生构。"

　　这是晚唐博物学家段成式在《酉阳杂俎》中对构树的记载。由此看来，构树早已蔓延于中国大地，而且与荒废的田地相联系。直到今天，构树依然广泛招摇。尤其是在气候温润的川西平原，构树种子一旦落地，便可发芽生根，以近乎疯狂的速度飞快生长繁衍，很快成片成林，构成气势。

　　构树也称楮木、榖木。当然，再多的称谓，也改变不了它的基本属性，改变不了那种与荒废联系在一起的恶名。农民视构树为"恶木"，见之必砍。经验认为，地里若是出现一棵构树，很可能这一片土地收成都不好，因为构树侧根太发达，它和农作物抢夺营养，会出现"长了一棵树，荒了一片田"的情形。并且，构树的适应能力超强，倘若根系伸进田间，整块田地都会长出许多小构树。如果施肥，捷足先登的构树势必疯长，对庄稼来说却几乎没用。那时，不管是用铲子挖还是镬头刨，甚至用百草枯，对构树都收效甚微。

　　可是，从另一个角度去看，构树却是会奋斗的树。

构树其貌不扬，以人对树的惯性审美来看，它的形象实在说不上悦目，甚至可说丑陋。首先是树皮粗劣，《水浒传》中武大郎诨号叫"三寸丁、榖树皮"，即是以构树皮为喻，形容他皮肤糙黑。其次，树形散乱，不修边幅，树叶毛茸茸的，很多人对它没兴趣，包括自诩喜欢植物的人。最重要的是，构树身怀赤裸裸的利己主义，它的繁盛往往伴随其他植物的荒衰与死亡。恶名之下，乏善可陈。在乡下，坟茔地里极多构树，它似乎是不吉祥的树。小区旁边一块闲置土地，被开发商扔在那里几年，长出大片密密的构树，荒烟蔓草，悬钩子植物肆意攀爬，我一直不敢进去，担心有蛇出没。

构树真的是一无是处吗？当我们溯源它的恶名便会发现，似乎一切的"恶"都源自它的生存哲学——独己而伤它。但是，如果从公平的自然法则，从生物进化的物竞天择去理解，却发现构树其实才是伟大的树，英雄的树，具有顽强竞争力、生命力的树。岂有这样的道理：在生物链中，人类为了满足自己的生存与食欲，杀猪宰牛烹鱼，却赢得"万物之灵"的美誉，而轮到构树，它并没有以其他动物植物为食，只是凭自己的生存本领而雄踞一方，却反而大逆不道了？何况，它还以自己的方式回馈着世界：它结出的果实叫楮实，又称构桃、楮桃等，跟桃子颇有近似之处，但更像杨梅，果肉红艳多汁，如糖似蜜，果皮非常薄。但奇怪的是，大人们总不许小孩摘食，任由构桃烂在树上，或掉落于地，乍一看，仿佛一摊血肉模糊。果子一烂，细菌也就多了，绿头苍蝇也闻味而来，当然就更不可吃了，吃了必定拉肚子。错就这样一步步地酿成，似乎全是构树的劣迹，可真的是吗？

　　楮实是一味地地道道的中药，其药用价值在汉《名医别录》中就有记载，被列为上品，"主治阴痿水肿，益气，充肌肤，明目"。这个记载是比较靠谱的，楮实味甘，性寒，无毒，确实可以水润肌肤，益神明目。

　　炼丹师葛洪对它的观察超越了植物的语境，他在《抱朴子·内篇·仙药》中讲述了楮实的特殊功效："饵之一年，老者还少，令人彻视见鬼。昔道士梁须年七十乃服之，转更少，至年百四十岁，能夜书，行及奔马，后入青龙山去。"楮实吃了居然可以返老还童，令人眼明心亮，甚至可以见到鬼神！葛洪还举例说，有人因为常吃楮实，一百四十岁还能行走如风，疾过奔马。想想看，这不是长生仙药吗？但问题是，如此随处可见、廉价易得的资源，为何历代医家却很少使用它呢？这真是诡异。

　　乡村野地杂树丛生，构树太不起眼，有些人对它的了解，还不如一只虫子。楮实红熟，蚂蚁会成群结队而来，童年时我曾爬过构树，近看，那场景现在回想依然惊悚：密密麻麻的蚁军，比暴雨前还可怕，它们正围着楮实尽情饱餐，享受一年一度的狂欢。除了虫子，鸟雀也懂得楮实的好。灰喜鹊一来就是一大群，它们一边啄食，还一边唱歌。这也正是构树的聪明所在。它们的大量繁殖，便是得益于动物传播种子。构树将种子包藏在好吃又鲜艳水灵的果肉里，让动物吃了到处拉撒，于是不长脚的植物便唱起了快乐的旅行者之歌。

　　构树的聪明，还在于它的叶子。

　　构树叶片肥大，披覆着一层不友好的硬毛，仿佛在说：瞧，我这么丑陋粗糙，没人理会。它心里想的是，因为丑陋，正好能不受打扰地生长，落得逍遥自在。

但是它忘记了，粗糙也有粗糙的好处。过去乡村人家需要洗碗擦锅，往往顺手摘些叶片来用。熏得黢黑的锅底，用构树叶一擦，重新恢复之前的铮亮。

成都平原构树极多，人们还利用它来制香。构树枝干砍下晒干，用石滚碾成粉末，再与其他香料及粘胶混合在一起，便制成线香。就地取材，价格低廉，且耐烧，很受欢迎。这种土法制香，在今天的川西乡镇仍然常见。

构树还有更牛的光辉历史。全世界第一张纸币——交子出现在成都，跟蜀地构树大有关系。当年，使用铁钱还是铜钱这个问题曾经极度困扰着北宋立朝后的蜀地统治者。北宋王朝占领成都后，将蜀中金银、铜钱大量载往汴京开封，致使蜀中铜钱竭乏。铁钱太沉重，且币值轻贱，于是，交子应运而生。

交子所用的纸，叫楮纸，正是取之于构树。构树漫山遍野地疯长，它具备两个条件，一是巨量产出，二是可持续生产，正满足交子所需。《天工开物·造皮纸》曰："凡楮树取皮，于春末夏初剥取。树已老者，就根伐去，以土盖之，来年再长新条，其皮更美。"就这样，比构树更聪明的成都人，由构及纸，由纸及币，让"丑陋"的构树一下成了世人最爱的"赵公明"。轻巧的纸币不仅成为商品流通的神器，而且成了社会发展的助推器。构树做梦也想不到，外形粗粝如它，豁皮裂干如它，却也能迎来属于自己的高光时刻，在不经意间创造一段辉煌的货币历史。

用构树叶做书签，不只是孩子们喜欢的游戏，更赋予构树叶书香教化的功能。诗书加持，谁再言丑？谁再言陋？读初中时，我热衷于此。选取一片完整的构树叶，放在水里，加点碱，浸泡两周，然后用旧牙刷在上面轻敲细刷，去掉叶肉，只剩网状叶脉，薄如蝉翼，透明如纱，依然具有新鲜树叶的柔韧性。夹在书页中，再枯燥的书，也会因此而变得有趣起来。

若干年后，忽然打开一本旧书，是三十年前购买的《现代汉语词典》，我看到书页之间夹着的叶脉书笺，于是，溪沟边的那棵构树立时在面前生动起来。与此同时，那个炎热、无聊的夏日仿佛重新活了，树上的蝶转蝉鸣，无花果树下咯嗒咯嗒的花母鸡，鸡窝里温热的鸡蛋，不远处的青绿稻田……往昔一一重现，鲜活有趣。风吹构树，哗哗作响，一支狂想曲奏响在天地之间。

石斛先生

早春二月，前往蒙顶山访茶，心情急迫了些，茶未发。意料之外，我们闯进当地一个石斛种植园，观赏石斛，品石斛红茶，喝石斛花酒，吃石斛炖鸡，颇长了一番见识。

说起花草，最初的认知，大抵是在公园花圃、路旁或山间，有些较为稀罕的，也能从《花镜》《群芳谱》上略知一二。唯独石斛，却是在花草市场认识的，初以为是花草，实则是一种名贵中药。

记得那位卖石斛的老人，形貌清瘦，他面前摆着几株盆景，罗汉松、金弹子、六月雪，造型奇美，还有一座长满青苔的假山，石缝里长着一丛其貌不扬的植物，一节节茎体呈黄绿色，经络纹理清晰，结节处只长一叶，状如竹叶，坚硬厚实。他说，这是铁皮石斛，已经拱出花苞，四月份能开花。他的声音轻而清晰，我猜想，他大约是做过乡间郎中吧，种出的植物也像他自己，气质干净。

回家翻阅李时珍的《本草纲目》，上载："石斛丛生石上，其根纠结甚繁，干则白软。其茎叶生皆青色，干则黄色。开红花。

节上自生根须，人亦折下，以砂石栽种，或以物盛挂屋下，频浇以水，经年不死，俗称为千年润。"文字干净简洁，二三十个字便把石斛的生长环境、植株特色、栽培方式等叙述得一清二楚。

"味甘平。主治伤中，除痹，下气，补五脏虚劳、羸瘦，强阴，久服厚肠胃，轻身延年。"《神农本草经》中的记载，可能是我国现有文献中最早记录石斛药效的内容，由此可以推断，石斛的药用历史在我国至少有一千多年了。众所周知，《神农本草经》载药365种，分上中下三品，石斛赫然名列上品。所谓上品药材，"为君，主养命以应天，无毒，多服久服不伤人"。也就

是说，石斛是药中的君王，主要功效是调养人的生命，使之与天地阴阳相合。

武侠小说中，草药的珍贵程度往往与采摘难度成正比，越是珍贵的"仙草"，越是难以采摘。石斛也不例外。石斛种植园主人老黄，是一个敦厚且健谈的中年汉子，他说野生石斛生长在难以抵达的幽深山谷，尤其喜欢长在绝壁岩缝，与世隔绝，难以采摘。他又说，这些年人工种植的石斛渐多，但是石斛很挑环境，但凡空气不洁净的场地，它便很难生存，即便活着，大多处于"死又死不了、长又长不大"的状态。

石斛种类极多，老黄根据蒙顶山气候种下十几种，有铁皮石斛、麦冬石斛、金钗石斛、鼓槌石斛……种植园就是石斛的大观园，林间树干，地面树桩，石头假山，随处可见。最多的是铁皮石斛，因在四川广泛种植，也称"川石斛"。初生的铁皮石斛呈铁青色，随着年份增长，茎秆会由绿变白，由白变红，五年以上的茎秆称为红条，条纹如殷红血丝，药性更强。

老黄折下几节泛红的新鲜茎秆，说可以直接嚼食。我们半信半疑地放入口中，口感黏稠，胶质足，吃起来有粘牙感，味淡而清新，嚼着嚼着，逐渐在舌尖上融化，只剩些微残渣，毫不困难地咽下。

因何名为石斛？老黄是这样解释的：石者，石缝里能成活也；斛，古时量器，方形，口小底大，十斗为一斛（后改为五斗）。

种植石斛并不容易。为了给它们营造接近野生的环境，老黄寻到蒙顶山下这一干净林地，找来许多粗壮木桩，任其风吹雨淋之后长满青苔，再将一丛丛石斛固定在树桩表面，让石斛根系在树桩上自由发展。这确乎是罕见的栽法，李时珍说"以砂石栽种"，两者有异曲同工之处，即疏松透气。

"四五月份铁皮石斛开花，你们到时候来看，满园都是。"老黄翻出手机照片，花朵成簇，体形甚大，花瓣呈浅黄色，花蕊显红色，红黄相间，端的是赏心悦目。花开到繁盛时，老黄剪下鲜花，投入高度白酒中浸泡。数月后，酒体颜色变得微黄，石斛花的精华完全释放于酒液中，便可开饮。

晚餐时分，细雨飘洒，潮湿的气息弥漫在种植园里。老黄的妻子端出一桌好菜。小餐厅里光线柔和，窗外树影幢幢，老黄为众人斟上石斛花酒。举杯之际，一阵极淡的微香冲入鼻尖，我深深地吸口气，幽凉，丝丝缕缕，宛若溪边的清泉。一入喉，有雪花般的清冽，酒的烈性被缓解很多，回味淡苦而微香。

"尝尝石斛炖鸡。"主人热情相邀。鸡汤鲜浓，并无任何药味，同伴说，这石斛如影子，并不见形，只有若隐若现的气和味。我想起上午喝过的石斛茶，用蒙顶山茶叶和石斛进行窨制，茶香茶味不减，隐约的石斛味在茶汤里回旋。石斛者，真隐士也。

同行的郑医生买了石斛茶，又买下一座钟乳石假山，上面覆盖着一丛铁皮石斛，枝繁叶茂。他住在青城山下，那里气候温润，石斛应该能安家落户。郑医生笑说，石斛开花好看，想象一下，一到花期，仿佛石头自己开了花。煲汤时可以折些茎条一起炖煮，能养胃，或将其与凉开水一起榨饮，日饮一杯，齿颊间散发着青草气味，清风两腋习习生，恍然可抵神仙境地。

此刻，我凝望满园石斛，安静，时间悠长而恬淡，神与物融为一体，言语无法形容。万物有灵。作为兰科的一员，石斛与它的亲戚一样，有来自血脉深处的高洁清雅，让人在呼吸之间感受到真正的清凉和安稳。

喜欢石斛的人，心里永远绿地长春。"山骨裁方斛，江珍拾浅滩。清池上几案，碎月落杯盘。"想起苏东坡的《寄怪石石斛与鲁元翰》，东坡居士一定被石斛的香气缠绕滋养过，他将心爱的石斛盆景赠送给鲁元翰，作为友情的见证。千年以后，后人仍可以在诗行里嗅闻到石斛的清香。

兰科的石斛，系出名门，却又丝毫无骄矜。它既可以清逸独秀，成为审美移情对象，也可以救度苍生，甚至积极入世，成为餐桌上的食材。石斛先生有这种大境界、大胸怀，可谓草木中的大丈夫。

杜鹃

杜鹃种种

　　杜鹃是鸟名、花名、人名，这种跨界，颇为少见。

　　我不知道世界上是先有杜鹃花，还是先有杜鹃鸟。我的记忆里，是先晓得杜鹃鸟。不过，人们普遍都叫它布谷鸟，这是四川人对杜鹃鸟的统称。

　　布谷鸟清灵的歌声，像山谷的清泉。每个春天，广袤田野上，纵横阡陌间，在农事拉开序幕的同时，天空中开始出现不同布谷鸟的叫声，它们种类不同，啼鸣的节奏不一，旋律丰富，或两声、三声，或四声、八声。咕咕，咕咕——布谷，布谷；贵贵阳，贵贵阳——快快黄，快快黄；咕咕咕咕，咕咕咕咕——割麦割禾，割麦割禾……一声声悠长的啼唤，与川西农事的时间节点完全重叠。因此，人们便认为，布谷鸟在催促农人尽快耕耘播种，不要耽误宝贵时间；催促上天快让麦子黄熟，让青黄不接的农人有一口饱饭吃；催促人们快快收割，颗粒归仓。

　　杜鹃鸟跟四川人非常亲，它们用叫声勾画出一座丰饶的粮仓，这是川西坝子人们的朴素愿景，也是李冰父子的深远祝福。试想，如果不是受惠于都江堰水利工程，川西平原怎么可能"水旱从人，不知饥馑"？人们的安居乐业又在哪里呢？因此，我总觉得，杜鹃的呼唤里有李冰父子的悠悠情意。

生活里的布谷鸟飞进书页里，有了另外的名字，叫杜鹃，又名子规、杜宇。这些称呼不仅是称呼，已经是蜀国历史上独特的文化符号。作为鸟儿的杜鹃，也许压根儿就不知道自己的前生是望帝，然而千百年来，蜀人却始终知道杜鹃是望帝的化身。华夏有农业，辽阔五千年。想当年，望帝杜宇执政时，向蜀人传播先进的农业生产技术，因此成就了古蜀国灿烂的农耕文明。后世蜀人见布谷鸟便自然地想起望帝。

"望帝春心托杜鹃。"李商隐用浪漫的想象编织出一个梦，梦境里，死去的君王化作鸟儿，飞过川西的树林、河流、麦田，日夜啼叫，催春降福。每一只杜鹃从蜀中农人的头顶飞过，人们都会暂停手中的农活，仰望那只飞翔的杜鹃，内心涌起温暖。

如今，栖居在这片土地上的蜀人依然对小小生灵杜鹃充满爱意。

今年春节，老家乡下的鱼塘边突然出现一只鸟，黑背，体形长，它似乎受了伤，跛着一只脚在地面跳着，黑豆似的眼睛瞪着靠近自己的人，从喉咙深处发出惊恐的咕咕声。堂兄说，是杜鹃鸟，这阵子它们经常飞来，在塘边啄虫吃。堂哥把杜鹃捧起来，回家给它的跛脚涂上红药水。

我说："哥，你把它养起来吧。"他摇头说，杜鹃养不活，这鸟性子烈，村里有人养过，它使劲撞鸟笼，把自己活活撞死了。堂兄抓来一把小米，轻轻撒在杜鹃面前，便远远退后了。

杜鹃拒绝笼养，它们是属于田野和天空的。没有杜鹃出没的田野不叫田野，没有杜鹃出没的天空不叫天空。

飞在天空的杜鹃鸟，后来落在树枝上，变成了杜鹃花。也有人说，望帝思乡情切，日日啼血，把杜鹃花都染红了。

一个高亢的女声在唱："岭上开遍哟，映山红……"山坡上的野生杜鹃，人们叫它"映山红"。多棒的名字，它们一旦盛开就如火如荼，铺天盖地，整座山都被映红了。想象一下，那一簇簇燃烧的杜鹃，热烈而璀璨。镜头再推远一些，漫山遍野全是花朵，像彩绸舞动，也犹如打翻了调色盘，那是落在山野的朝霞，喷涌，漂浮，激荡，壮丽无比。"何须名苑看春风，一路山花不负侬。"杨万里的这句诗，用在这里正好。

在凉山州，人们告诉我，大名鼎鼎的"索玛花"就是杜鹃花的彝族名字。彝语里的"索玛"，意思是迎客之花。不仅如此，彝族人还常用索玛来形容或称呼女性。有一次去盐源，从西昌出发，翻越磨盘山时，当地朋友指着车窗外的大片绿植说，那就是索玛花，一到五月好看得很，白红粉紫，满山五彩斑斓。

其实，不仅是磨盘山，凉山境内多地都有索玛花，花季时繁盛似锦，席卷整面山坡，为凉山编织初夏美梦。许多游客翻山越岭，只为一睹群山深处的壮观花海。

阿坝州有一种烂漫的山野佳卉，叫羊角花，每年暮春开花，同样吸引很多爱花人。我去过几次阿坝州，总是错过花期，未曾一睹芳容。有一天突然在网上看到照片，啊，不正是杜鹃花吗？为何叫羊角花呢？原来，在羌族神话里，男女投生时如果拿了同一只羊的两只犄角，到了凡间就会婚配为夫妻。因此，每年羊角花开时，女神鹅巴巴西就降临在羌山河谷，在云雾中唱起情歌，以此点燃青年男女心中的爱意，吸引他们到林中唱歌跳舞，找到羊角姻缘。这时候，女人遇到自己中意的男人，会采摘一束美丽的杜鹃花（也就是羊角花）赠送给对方，这意味着有了羊角姻缘。男人接过羊角花，捧回家献在神台前，叩首感谢鹅巴巴西的美意。

这个神话很是动人，杜鹃花从乡愁花、迎客花一跃变成情花，花叶间散发着令人轻微迷醉的芳香。杜鹃，这充满象征意义的花朵，它制造的语境是如此多姿多彩，但也何其自然。在那些盘桓的枝条上，我们能真正读懂杜鹃花的芬芳与不同民族的文化吗？

也许离开这些纸上美学，我们去找寻杜鹃，去阅读它在大地上写出的诗，才能真正体会它的韵味。我所见过的最美的杜鹃花，是开在西岭雪山日月坪海拔3000米以上的高山杜鹃。山里的春天虽然来得迟一些，但是只要春风来到，长满白斑的古老树木就托举起一树树绚烂的梦。

四五月间，遇到气温骤降，山上还会下雪，若是一场春雪覆盖了杜鹃花，那带着雪意的满树斑斓，你若见过，必定终生难忘。它们被雪包裹，在洁白里裸露出一两片淡紫或粉红，默默无言，美而清凉，仿佛沉浸于某种寂静而用尽全力的表达中，这种表达没有任何疑虑，无所畏惧。"心华发明，照十方刹。"在积雪的高山杜鹃花前，我只想到这句话。

从杜鹃鸟到杜鹃花，在我看来，它们的存在和陪伴，足以修复我们日渐物化、迟钝的心灵，恢复我们对天地的敬畏，恢复我们与大自然原初的和谐。

我曾经有个女同事，就叫杜鹃。后来发现，同名同姓的不少。有的文静，有的泼辣，杜鹃种种，各美其美。走得最近的一朵杜鹃，我叫她鹃儿，是一个痴迷种花的女子。她买下带楼顶花园的顶层，栽种数不清的花草，累得腰酸背疼，依然乐此不疲。

春日黄昏，我们约聚在鹃儿的屋顶花园，在繁花茂叶中品茶聊天，风吹花落，花瓣飘落到茶杯里，如点点远航的帆。数百米之外的斜江河边，传来悠悠的杜鹃啼鸣。那一刻，我什么话也不想说，只想闭目凝神去享受。

扫码听书

皂荚的是非泾渭

皂荚树

皂荚树是一种存在感十足的植物。

它不仅存在于庭院、路边，还生长在鲁迅先生的百草园里：高大的皂荚树，紫红的桑葚……

植物天堂里，怎么能没有皂荚树呢？它是极耐看的落叶乔木，尤其夏天，一棵树就是一只随时准备起飞的大鸟，满树披挂碧绿的羽状复叶，在枝柯交错中伸展出如盖的佳荫，将生命的律动以一种鲜活饱满的方式呈现出来。风吹过时，波涛般的绿叶自由晃动，似乎大鸟在唱歌，有节奏的，温柔的，舒缓的，好像唱给人听的绿色乐曲。但奇怪的是，皂荚树身却像刺猬，许多尖锐的长钉交叉错杂，一副狰狞凶狠的模样，明白无误地写着：生人勿近。

我私下以为，皂荚树是天使和魔鬼的混合体，它把优美和丑陋、良善和凶恶奇迹般地合为一体。

家乡树木不计其数。夏天，桃李梨梅挂满枝头，爬上树就可以尝到甜头；秋天结满红枣、板栗、核桃，竹竿一敲，纷纷落地。年少淘气的村娃们，就像杜甫写的，一日上树能千回。只有村口的两棵皂荚树无人敢爬，别说是爬，胆小鬼光看一眼就会吓一大跳。因为针刺遍体，皂荚树天然地为自己铸就一身的护身符。乡亲们说，皂荚树是能辟邪的风水树，有它镇着，鬼怪妖魔休想靠近。

每年初夏，皂荚树开出串串绿花，跟核桃花类似，一溜溜，毛糙糙的，酷似缩小的麻索。因为开在绿肥红瘦的季节，它显得更珍贵。花谢以后，其中一棵开始结出狭长的皂荚，跟所有豆科植物一样，皂荚里面装着皂米，那是它繁衍后代的种子。另一棵却从来不结。人说，它俩是一雌一雄，一对夫妻。

入秋后，皂荚慢慢改变颜色，由翠碧变为乌青，再变为黝黑，黑如深渊。成语"不分青红皂白"便是由此而来，皂荚以自己的黑，赋予这个词语特殊的意义，"青（深绿色）红皂（黑）白"，界限分明，承载了世间的是非泾渭。古代小说里常有"皂衣"，一身黑衣的人，身怀轻功，人和功夫都仿佛遁迹于夜色之中。贾谊《陈政事疏》说："且帝之身，自衣皂绨，而富民墙屋被文绣。"可见汉代"皂"是尊贵之色，拥有绝对的纯度，指向威严、神秘，不可轻慢。

皂荚树本是独立存在物，它有形，有色，有花，有果，再加之人类赋予它的是非、泾渭分明的情感立场，即使不附加任何修饰词，就足以自成气候，兀自独立笃行。从语言学回过头来，我们再来打量皂荚树。它静悄悄地生长，远没有人们想的那么复杂，该绿便绿，该黑则黑，在四季轮回里依序前行。一阵秋风吹来，熟透的皂荚在树上打闹，刷啦刷啦作响。有时大风呼呼劲吹，地上便落满扁平椭长的皂荚。孩童捡起，看几眼也就扔了，不好玩，皂荚如刀背一般坚硬，如果强力折断，刚露出棕黄色内瓤，人就会阿嚏一声——气味实在冲鼻。

良药苦口利于病，这句古老的民间箴言，于皂荚又多了一层意义。皂荚树的锐刺和果实，都是医家救死扶伤的良药。

除了药用，皂荚更常见的用处，是制作洗发香波。小时，母亲常用竹竿敲打下皂荚，用力锤烂，皂荚露出比豆粒更硕大饱满的皂米，一起锤破砸烂，挤出黏糊糊的汁液，这就是天然的洗发液。母亲把汁液揉进我的头发里，反复揉搓至起泡，最后用清水冲洗。洗后的头发格外柔顺，易于梳理，还散发出淡淡的植物清香。

除了洗头，母亲还会用它洗涤油腻的锅碗瓢盆，因为它的去污能力超强。长大后，我从书里读到，豆荚里含有皂苷等成分，具有和肥皂、洗衣粉类似的皂化功能，其中的碱性物质能有效去除衣服上的污垢。这一点，早已被先辈们在长期实践中反复验证。

皂荚能被派上如此之多的用场，对人类可谓恩泽广布，简直就是美善的化身，何丑之有？何恶之有？从这个角度再看皂荚树，我不由得生起敬意，它如此强壮、结实，一心一意活着，不问西东，也不试图讨好，这是否可以带给我们一些内在思省？

原先，乡村里的皂荚树非常多，随着岁月变迁，皂荚树开始失宠。有的因为挡道被伐倒，有的被移栽，作为园林绿化树种。我工作的单位楼下便有一株，冠大茂盛，年年盛夏撑起一片阴凉。

上次回乡，母亲说，最近几年有人来村里收皂荚，几元钱一斤，有多少收多少。说是拿去做药，也可以做洗发水。母亲疑惑，这些年市场上各种品牌的洗发水、护发素层出不穷，都香喷喷的，谁还拿皂荚来洗头呢，不嫌麻烦。

我说，老妈你别不信，现在城里人讲究返璞归真，还真有人拿它洗头。我有一次在楼道里碰到邻居阿姨，她拎着一篮子乌漆墨黑的皂荚，说是煮水洗头发，可以滋养头皮、止痒去屑，还能防治脱发。

说得我很是动心，瞬间想起幼年时母亲给我洗头的感觉。于是，秋天时便尝试了一回，果然好极。按照阿姨教的法子，药店里买些何首乌、桑白皮，再回乡下寻些干皂荚，折两枝侧柏。回家先把皂荚、何首乌、桑白皮泡一天一夜，然后放入侧柏同煮，煮一个小时，关火，再闷一小时，然后过滤出红亮的汁水。散开头发，浸泡于汁水中，任何洗护用品都不用，彻底浸泡挼搓后清洗吹干，头发便散发出植物的气息，梳子一梳，感觉比用了昂贵的护发素还顺滑。

我常去光顾的一家理发店，洗头大姐总是竭力推销各种洗护用品，让人听得厌烦。健康的发质，除得益于自身气血循环良好之外，养护确实也很要紧。但是市面上的洗发水，或含有硅油，或添加各种香精，据说有些脂溢性皮炎的罪魁祸首就是劣质洗发水。依我看，还不如尝试老祖宗的法子。何况，洗发之后的皂荚水还可浇花浇菜，不仅不污染环境，还营养丰富，可以让月季开得大团大朵。如此绿色低碳、循环利用，岂不妙哉？

前不久回老家，母亲说，带你去看皂荚树。屋后半里路远，有人栽种了一大片皂荚树，约略几百棵，传统的皂荚树与现代的绿色产业结缘，重现珍奇。满树嫩芽绿叶，跟紫红、苍灰的锐刺构成强烈的视觉冲突。我举着手机转来转去地拍摄，觉得好看。伸手触碰那些尖锐皂针，想起一句话：莫伸手，伸手必被刺。

皂荚树为什么偏要长得这样狰狞拒人？看过一段视频，据说一万多年前，在最后一个冰河时期，地球上到处行走着巨无霸乳齿象，它们高达三四米，体重六七吨，其两米多长的巨齿既是武器，也是干饭神器，每天要吃掉巨量草木。就是在那时候，皂荚树为了自保，进化出遍身尖刺，以躲避乳齿象的觊觎。由此看来，植物真是煞费苦心。于是我理解了皂荚树的无可奈何，也明白了它生存的智慧。因为不能挪动，又没有任何自卫武器，它不得不想办法应对可能要遭遇的险境。

现在皂荚树反而比银杏、桂花值钱。母亲说，因为稀少，一棵大树要卖几百上千元，啧啧，当年咱家屋后那几棵砍倒的皂荚树，可惜，当废柴烧掉了。

风向变了。曾经与人相濡以沫的皂荚树，沉寂若干年，又开始红火吃香。世间万事万物就是如此，仿佛自有轨道，成为一个圆形。

有人珍爱皂荚树，即便只为卖个好价钱，我也感到高兴。那天吃晚饭时，一位从事园林管理的亲戚说，皂荚树属于深根性树种，寿命很长，至少六七百年。我说，那我们该为子孙后代多栽些皂荚树。

说到这里，我眼前仿佛又出现威风凛凛的皂荚树，它将是非、泾渭分明的个性揉进鲜活的枝条果实，从大地上摇曳而起，将生命的本真、强烈的自由意志带往村庄上空，超越无限的能指和所指，成为我们凝望的方向。

麻柳树的翅果成串垂吊，好像满树垂挂的项链正在晃悠着。细看，项链上的果实仿如一枚枚小元宝，难怪它还有一个别名——元宝树。

枫杨

五月是属于枫杨的。

你好，枫杨

它名叫枫杨，又叫麻柳、榉柳，实则非枫非杨，跟麻、柳、榉也没有一毛钱关系。连名字都是向别的树讨借来的，它被其他树木的影子完全遮蔽。

我早年初识它时，村里人都叫它麻柳树，它是川西坝子的乡土树种。沟边路旁随意生长，树干弯曲歪斜，树皮粗糙龟裂，且木料材质疏松，做家具容易裂翘，所以差不多就被砍掉，劈柴烧了，能侥幸长到百年以上的很少。麻柳树像我们的乡下亲戚，朴实木讷。憨厚到什么程度呢？还真不好形容。

五月的下午，我们在一个川西古镇的河边喝茶，流水哗哗，树荫遮住灼热的阳光。头顶的几把绿绒巨伞，正是几棵苍老的麻柳树。树冠广展，枝叶婆娑，翠绿稠密，叶子绿得端正，不像法桐发黄、松柏发黑。

麻柳树的翅果成串垂吊，好像满树垂挂的项链正在晃悠着。细看，项链上的果实仿如一枚枚小元宝，难怪它还有一个别名——元宝树。

旁边抽叶子烟的老人说，这几棵麻柳树应该有几十年树龄，可能是风吹来的种子，也或许是小鸟衔来的种子落地发芽，日久长成了大树。移居来此的人家，看中这样能遮风挡雨的高大树木，于是筑屋定居，繁衍至今，麻柳树也慢慢成为古镇的地标。一说到麻柳湾，人们都知道就是这个河湾。

抬头看到树叶间闪烁的光点，我想起曾经与朋友散步至此，遇到过同样随意溜达的猫猫狗狗，还有一个老人养的不知名的漂亮小鸟，孩子在奔跑尖叫，风里飘荡着花朵的香气，还有炸油糕、臭豆腐的味道。那是乡村素常的一个下午，老人们摇着蒲扇，说着琐碎的闲话。

我坐在竹椅上，安静看着河水和麻柳树。这样的时刻，像极了侯孝贤电影里一个温情的长镜头。喜欢麻柳树下的时光，水洗一样，褪去了喧嚣和浮华，回归至日常的安宁静寂，它是对所有人敞开着的，包括只是路过的游客。

对麻柳树，我是不陌生的。小时候，村娃们常摘下它的果实玩耍。我们叫它"鸭儿子"，因为每颗果实中间是椭圆状的凸起，两翼微展，极像一只只小鸭子，排列成队。扔到水面，这些果实也不沉，顺水漂浮，像绿色的舰队出航。

河边的老麻柳树下，是孩子们的避暑乐园。浓荫把烈日遮挡，像老人展开双臂庇佑它的子孙。孩子们在树荫下跳皮筋、打弹子，简单的游戏重复玩，耍得有滋有味，永不厌烦。实在找不到玩耍的，把麻柳树的翅果连接起来挂在脖子上、戴在头上，或者恶作剧地相互抛掷、甩打。再不然，把带有黏性的果实粘贴在脸上、胸上和手臂上，拼成各种图案。有时浆液弄在衣服上洗不掉，回家难免挨父母一顿臭骂。

直到今天回忆起来，我眼前还是明晃晃的太阳，麻柳树下的一地浓荫。那时，时间缓慢悠长，未来还很远。

麻柳树是乡土气十足的树，有些甚至还成为村里各种怪异传说的主角。在多河多水的苏州，也常有它们的影子。从某种意义上说，枫杨树就是邮票般大小的故乡，作家苏童用它编织"枫杨树乡"的梦境，写下一系列小说，枫杨树给了怀有巨大创造欲的作家无穷的灵感和想象力。我想，苏童的童年一定有枫杨做伴，枫杨浓荫里一定覆盖着少年的寂寞，同时也生长着对远方的想象。只是不知，苏州人是否也叫它麻柳树。

与朋友聊起麻柳树，发现很多人的童年都有这种树。朋友说，麻柳树叶可以"麻"翻活鱼，他小时常玩。邀约三五人，带上背篼、木桶、简易网兜等工具，在小沟渠里拦腰砌个堤坝，然后采摘来大量麻柳树叶，用石头全部捣碎，连汁带渣一起倒进水中，再用竹竿等工具进行搅拌。半个小时以后，还真的有活鱼被"麻"翻了，一些拇指长的小鱼儿浮出水面，它们喝醉酒似的，有的翻白肚，有的踉跄，娃们便用网兜抄鱼，多的时候能捕捞几斤，高兴至极。

有趣的是，把小鱼带回家，投入大盆，用清水一激，麻柳树叶的迷劲儿一过，它们又苏醒过来，仄着小身体，甩着尾巴游得欢畅。

麻柳树叶含水杨酸等化学成分，在生活经验丰富的乡民眼里，它们自有妙用。母亲打下胡豆，晒干装袋时，总要捋一把麻柳树叶放进去，然后封紧袋口。母亲说，这样胡豆不会生蛀虫。此外，过去村民下田劳作，一双大脚水里来泥里去，胶筒靴不透气，闷一股子脚臭不说，还会烂脚丫。烂脚丫奇痒无比，忍不住抓挠，抓破皮了，又痒又痛。于是撸一把麻柳树叶，搓揉烂了，往脚丫缝一塞，凉丝丝，微麻微痛，不久奇痒感渐渐消失。如此几次，烂脚丫便好了。

麻柳树既非名贵树种，亦无甚大用，精明的人面对它，自然无法在心里把算盘打得噼啪响。它们落得自由自在，枝繁叶茂，向四面八方尽情伸展。我每次走过它们身边，总是驻足仰望，呼吸它们的清芬，在心里轻轻呼唤：你好，枫杨。

有时，我替枫杨感到不平，枫杨就算做不了栋梁，也能以自身之形，取悦村童；以自身之能，疗人类微疾，这又何尝不是我等普通人的人生模板呢？而它们长久以来被严重漠视，甚至连名字都是假借的，真是委屈。但有时，我又觉得枫杨是幸运的，甚至值得羡慕，它比我们更洒脱，如果人能像它一样，不带功利，或者有一颗敢于舍弃的心，舍弃生活中的攀比与虚荣，那将会活得何其天真、何其喜悦！就像重返童年，所有快乐都是简单的。

五月是属于枫杨的。蝉声如雨，满树的果实饱满葱翠，像一架架小飞机，它们停泊在枝头，等待着起飞的机会。就在这时，风来了，它们便悠闲地荡起秋千，无忧无虑。黄昏时，夕阳像硕大的蛋黄悬在枫杨树梢，它在淡蓝的天空里，如一枚饱满的果实，是熟透了的，透着羞涩，等着懂得它的人温柔地与它对视。一群麻雀突然飞过，叽叽喳喳吵闹着，那颗蛋黄就破碎了，再也拼凑不起。于是，暮色恍如河水，慢慢注满了炊烟四起的村庄。

枫杨就像我们的村庄和童年，朴素而贫瘠，好像一无所有，但又应有尽有。

香樟树的怀想

五月初，楼下的两棵香樟树开花了，坐在家里，时时闻到细细香风。一夜大风之后，我到阳台上一看，遍地都是香樟的白花，微细如粟米粒，密密铺撒，一扫就是半撮箕。

香樟树修长挺拔，是乔木中的美男子。这两棵树并排站在一起，比邻而立，神气横溢。有时风吹过，树叶招展晃动，好像两支绿色的大毛笔，在天空中挥舞着，书写着点横撇捺。想起昨夜读帖，香樟树真像是苏东坡的书法，圆润连绵，风神俊逸，却又平和中正，即便是行书，也没有丝毫的狂乱怪诞之象。我又幻想，如果对面不是高楼，而是长满香樟树的一面山坡，那简直是苏东坡的绝世诗帖了。

曾经，老家屋旁也有一棵香樟树，比楼下这两棵更大，花叶果实都溢着浓郁的香味。夏天，满树繁密花朵，开在每片叶腋下。人走在树下，仿佛在香气的海洋里游泳，双手划过，风是波浪，花香是浪尖上的花朵。

香樟是四川常见树种。过去，家里有女孩出生时，人们习惯在房前屋后栽几棵香樟树，女孩跟香樟树一起长大，待到她找

香樟树

到婆家，樟树也成材了，便砍倒树，待它们干透，请来村子里最好的木匠，开始打家具。刨花飞舞，木头的香气飘荡在院子里，那是喜庆的味道。两个月工夫，有了高低柜、箱子、方桌、梳妆台……就连边角余料，也被做成小板凳、脸盆架。接着，砂磨，打底灰，上漆。

待嫁的姑娘看着家具日渐成形，心里甜蜜又惆怅。她俯身嗅闻这木头的香味，想起一二十年来，香樟树怎样陪伴自己一天天长大，葱绿的梦境里，都是父母养育自己的回忆。

做母亲的安静地坐在屋檐下，看着魔术般变出的新家具，微笑着，眼角却是点点泪花。婚期一天天临近，家具再结实再漂亮，却是女儿嫁出去的陪奁。姑娘从此离开父母的庇护，生命的小船就要驶入陌生的水域，怎能不让做父母的牵肠挂肚？

樟木箱最适合装衣服，棉麻丝绸被木香熏染着，不褪色，也不会被虫蛀。这是樟木的神奇。仿佛它就是为嫁娶而生。

香樟树长得快，尤其是胸径从4厘米到30厘米这个区间的樟树，一年一个样。朋友从事园林绿化多年，经验丰富，他说香樟木的切面光滑有泽，木质细密，纹理细腻，花纹精美，特别适合做家具。为何不栽种楠木，木质岂不是更好？我好奇地发问。朋友一听笑了，楠木长得慢，待楠木成材，娇俏的姑娘已是白发老妪了。

吾家有女初长成。我没有土地可以栽种香樟树，如果哪天姑娘出嫁，我拿什么给她做家具呢？我有的，只是一大把市面上买回的樟脑丸。我万分想念那美丽自然又芳香的香樟木。

香樟木的香，是独树一帜的，混合着药香，香得提神醒脑。一张香樟木桌安放在我的书房里，无数个静夜，我在它的陪伴下阅读，写作，临帖，喝茶。它徐徐散发的木香，让人心神安定。时间久了，木桌已有斑点和划痕，我触摸这些印记，那是对旧时光的温柔抚摸。凭借这张香樟木桌，我找到一条曲折的回乡之路，那樟树下的故园，与村庄的草木、月光、蝉鸣缠绕在一起的童年。

香樟四季常绿，萧瑟秋冬，依然青翠逼眼。但清明前后，它们纷纷换装，老叶落下，风吹翩跹。嫩叶翠绿簇新，在蓝天和阳光下抬头仰望，一树香樟叶，一树狂野而充沛的力量。

在川西县城，香樟与人堪比亲人。它容易成活，不管是在庭院、路边、公园，还是在学校、厂区，它都像贴心的老友，你走到哪里，它就相守在哪里。天晴，为你撑起树荫，让你享受清凉；下雨，为你撑起巨伞，投下一方晴空。黄昏散步，出门碰到的第一个朋友是它，夜晚归家时挥手告别的也是它。就像老友，相视一笑，缘定一生。

古镇安仁多楠木，多香樟。人说，这两种树都是风水树，可辟邪，有长寿、吉祥如意的寓意。如果没有遭遇意外，它们都可以长到千年以上。我们把茶席设在老公馆香樟树下，夏日的阳光躲藏在香樟树绿色的阴影下，变得温柔了，仿佛隔绝了尘世。不时掉落的樟树花瓣，让茶席生动起来。如此，沏一杯清茶，闲看叶缝里漏下的光，也可以摆一副棋，下一天。

青草丛生，难免有蚊虫。朋友做样子，摘取香樟树的叶片，揉碎后涂抹在手脚表面，我们跟着一试，果然有防蚊的功效。

美术院校的学生架起画板，以香樟树为写生对象，他们说，香樟树没有白杨的斑驳，没有柳树的瘤结，树枝树干一分为二、二分为四一路长去，不会偷工减料也不会画蛇添足，树冠的形态是球形的，在天空中勾勒出优雅的曲线。

看到香樟，艺术家看到美，美食家估计会联想起一道四川名菜——樟茶鸭。正如叶儿粑必须借助橘柚树叶的浓香，大名鼎鼎的樟茶鸭，若没有樟树叶，去哪里寻找灵魂呢？

邻家胖哥是出名的好吃嘴，爱吃，也喜欢做。他说，这几年很难买到正宗的樟茶鸭，吃美食得自己动手，腌、卤、熏、蒸、炸，一步也少不了。最关键的环节是熏制，用樟树叶、茶叶、橘子皮、花椒等，在熏炉里用浓烟熏过二十分钟，一番兼收并蓄，最后出锅的樟茶鸭，油亮喷香，闪着诱人光泽，装在描金细瓷盘里，旁边搁一朵鲜花，真有钟鸣鼎食的气象。

樟茶鸭趁热吃才好，因为香味每时每刻都在发生变化。夹起一块，一口咬下，香气令人倾倒。那缠绵悱恻的樟树叶香，带着这道美食飞升……梦境里，樟树的浓荫越来越大，绿幽幽，如同落入凡间的云朵，绿色的云朵。

扫码听书

蜀葵

勇士名叫一丈红

　　有一种花叫棋盘花，想象一下，可以在上面走马落子的花该
多大啊。这里说的是蜀葵，原产于古代蜀地，因此得名。蜀葵是
强健的高大草本，每年初夏开花，大团大朵的，顺着壮硕茎秆，
步步为营，一直往上开，像小火车一样开进秋天，走出一条竭力
向上之路。

　　许多人一见蜀葵，总有亲切的回忆。以前，无论在城里的
街头巷尾，还是乡村人家的房前屋后，人们都喜欢种上几棵。不
必精心照料，蜀葵便能生长繁盛，花姿虽不出众，也无甚香气，
但色彩纷呈，深红浅红，雪白粉紫，还有单瓣重瓣，倒也开得
喜气洋洋。蜀葵非常适应成都温暖湿润的气候，尤其在敞亮通风
的环境里，会开得更多更大。在阿坝州的高原上，路边常见一排
排高耸的蜀葵，光照越好，色彩越艳。《花镜》中称蜀葵为"阳
草"，很有道理。

　　蜀葵有各种各样炫酷、明亮的名字，棋盘花、戎葵、一丈
红、擀杖花、蜀其花、端午花……让人陌生的，反而是它在《中
国植物志》中的正名。在川西乡村，你试问乡亲：见过蜀葵花

吗？估计一个个摇头。若翻出手机照片，他们笑了，咳，不就是"麻秆花"吗，多的是！蜀葵长得高大，确实跟麻秆似的，这名字听着挺傻愣。唉，长得太高好像也有错。

蜀葵最早的名字，是菺、戎葵，《尔雅》里面说："菺，戎葵也。"郭璞解释说，戎葵就是蜀葵。差不多和他同时代的崔豹在《古今注》里进一步解释道："荆葵，一名戎葵，一名芘芣，华似木槿而光色夺目，有红，有紫，有青，有白，有赤。茎叶不殊，但花色异耳，一曰蜀葵。"

戎葵、蜀葵的意思是这花最早生在西南地区，后来发展到了全国各地。各地叫法不同，这也正说明它的繁盛。

中国人对蜀葵的感情相当复杂。起先，因为花朵鲜艳硕大，蜀葵曾早于牡丹和芍药被奉为众芳之主。到了晚唐，花朵更大、花色更为浓艳的牡丹胜出了，此后，牡丹为花王，芍药为花相，蜀葵的地位一掉再掉，直落到排行榜末位。五代张翊搞的花木排行榜《花经》里，蜀葵排名已经垫底：胡葵，九品一命。

它当红的原因是花开得又大又繁，可是它被嫌弃的原因，也在此。唐代陈标写过《蜀葵》："眼前无奈蜀葵何，浅紫深红数百窠。能共牡丹争几许，得人嫌处只缘多。"翻译成今天的大白话：你没完没了地开花，也太招人烦了不？

蜀葵何其无辜！

晚清名臣张之洞为它鸣不平，写了一首《蜀葵花歌》，其中有言："田间野客爱蜀葵，谓是易生兼耐久。娟若芙蓉斗秋霜，直如枲（xǐ）麻出蓬莠（yǒu）。"他说，人人都嫌弃这花又丑又贱，我却觉得，这花娟秀如芙蓉，高挺如枲麻，超拔于山野草木，有君子之风。看来，张总督的格局确实大一些。

张之洞爱的是蜀葵的坚韧。蜀葵粗秆阔叶，种子落地能生，皮实好活。《群芳谱》里甚至说，陈年的蜀葵种子稍微炒一下，撒在地里，早上种下，晚上就能发芽。

因为生命力强，从平地拔地而起，高高站立，又不是乔木，就这样没遮没拦地"类麻能直"，看了多少有一点惊心。所以，它被叫"一丈红"，也是名副其实。"高三十五，你心中的一团锦绣，终有脱口而出的一日。"电影《长安三万里》中李白喊出的这句话，说的仿佛就是蜀葵。

蜀葵的锦绣之美，可以媲美精美鲜艳的丝织品，它也跟中国丝绸一样，是天府之国贡献给世界的礼物。公元八世纪，蜀葵被引种到日本；同时，它沿着西北丝绸之路逶迤西进，在敦煌壁画里，与莲花一起成为重要的佛教名花；公元十五世纪，蜀葵经海上丝绸之路进入欧洲，在欧洲北部的冰岛、芬兰、瑞典开始扎根……令人吃惊的是，中世纪欧洲艺术家的画布上，意大利最早使用油彩的画家之一彼得罗·佩鲁吉诺创作的《基督受难与使徒》中，就有一株单瓣的红色蜀葵，正仰着头，孩子一样望着基督。

如今，世界各地都有蜀葵招展的身影。来自遥远中国的植物，已经成为西方人喜爱的造园花卉。英国有一份植物资料，证实该国有一株蜀葵，竟然长到8米高！

1886年，32岁的文森特·凡·高创作了一幅布面油画，叫《花瓶中的蜀葵》，现被收藏于苏黎世美术馆。画面中的几朵蜀葵，在深沉的背景上凸显出来，花姿娇艳，花束上的光影变化生动而奇妙，花瓣着色华丽，紫得深沉，粉得淡雅，茎秆上密布花苞，将生命带往繁盛和永恒。这幅画像一面悬挂的镜子，映照出画家内心对生命的热爱、对美好生活的向往。这是凡·高送给世界的花朵，是属于每个人的蜀葵。

蜀葵的花株高高低低，层层叠叠，错落有致地开满一路，它们不择泥土，不惧目光，组成一面高大的锦屏，给人勇敢无畏的感觉。也正因此，它的花语为梦，象征坚持追梦的执着。在我看来，蜀葵的故乡在四川，它也像极四川人，有着坚韧、绵延向上的生命力。君不见，多少漂洋过海的四川人，不管在哪里，都能落地生根，奋力打拼，演绎出自己的美丽人生。

在四川，蜀葵的故事还在延续。成都市金堂县有一千多亩的鲜花山谷，这里种植千余种花卉，芙蓉花、虞美人、鲁冰花、矢车菊、原生百合、中国翠菊、中国石竹……不同季节，不同花开。其中，数量最多的是蜀葵，大约有四百多亩，数百个品种，俨然是蜀葵的海洋。我记得有一年夏天去，还看到一种稀罕的黑蜀葵，花瓣颜色似茄子色，近乎全黑，但花心是嫣红的，奇特如黑美人。

鲜花山谷的蜀葵是爱情花。故事是这样的，十几年前的一天，爱花如痴的殷洁突然对丈夫周小林说，好想有个属于自己的花园。周小林愣了一下，答应说："好，给我一点时间，我送你一个全世界最美的花园。"一段青春偶像剧式的对白，却成为这对"60后"夫妻浪漫的爱情誓言。后来，周小林用全部积蓄租下这片土地，他们一起种花弄草，躬耕田园，踏踏实实地筑梦。

于是，在爱情的滋润下，满坑满谷的蜀葵自由生长，想长多高就长多高，想怎么开就怎么开，从夏到秋，泼泼洒洒，在风中开得尽兴，不再理会故纸堆里的酸秀才们，再见了，那些佶屈聱牙的诗词。

真好。真羡慕这对夫妻。可惜我没有山谷，只有几平方米的小阳台。不过，今年春分，我还是网购了一包蜀葵花籽，撒种在花盆里，用营养土培育。因为地盘狭小，我选择的品种是矮生重瓣。相信它们定然会开花，这一场花事值得等待。

蜀葵性格洒脱，被褒扬时不骄傲，被轻贱时也不气馁。它粗枝大叶，看起来很不清雅，一度被人诟病，或者被其他的花碾压，那又如何？粗枝大叶是它，大大咧咧是它，像它这样做人，未必不是好事，远离小气和忧伤，随遇而安地活着，我行我素地绽放。多么通透。我也想做一棵蜀葵。

知堂老人说，"凡我住过的地方都是故乡"。如今，蜀葵已经把自己的足迹印在地球村，且把他乡作故乡，从容地扎根下来，很快便展现出自我的张扬与奔放。花影流光之间，辉煌、热烈、落寞、努力、抗争、涅槃、重生……在轮回里，年复一年地开着，转眼，就是两三千年。

努力活着，便是值得致敬的勇士。蜀葵，不枉叫你"一丈红"。

竹林里的故乡

一

　　川西多林盘。有林盘的地方，必有竹林。

　　竹的品种有多少？据说全球有1200多种。若非植物学家，估计很少人能准确分辨。我认得慈竹、楠竹、斑竹、罗汉竹。幼时生活的农家院子，屋后便是大片丛生的慈竹林，蓊郁繁茂，一丛几十上百根，高低相倚，簇拥成片，顶端弯曲下垂，如慈母照拂着孩子。我猜，或许慈竹之名便是由此而来。相比慈竹，楠竹更为粗壮高大，每根可以长到二三十米，气象巍然。徒步山野，路两旁往往挺立着万竿楠竹，竹林葱郁，一条小路从林间穿过，把人带往绿色净土。到达山顶，俯视漫山遍野的修篁翠竹，如碧绿波峰，一浪翻一浪，人心也变得开阔。

　　儿时的记忆里，逢赶场天，父亲常砍倒一些竹子，用绳子捆好，扛到集市上去卖，可以换些油盐钱，或者扯上几尺花布，给我做一件新衣裳。

　　竹子在篾匠手下，变魔术一样，先是被一剖为二，再变成篾片、篾条、篾丝，竹篾愈削愈薄，竹丝愈劈愈细，竹子原本坚硬的身体逐渐变得柔韧，最终变成各种实用用具。小到竹筷、竹烘笼、竹水瓶壳，大到竹椅、竹席、晒簟、簸箕、筲筐，或者竹箱、竹板车，可以说，四川人的衣、食、住、行都有竹子的踪影。我记得小时候在竹席上午睡，竹席光滑清凉如水，半睡半醒时，竹席仿佛变成缓缓流动的波浪。

今时今日，人们用精益求精的智慧创造出繁复的竹艺，譬如瓷胎竹编、竹扇、竹画、竹屏风，它们已经逐渐脱离实用，成为艺术品。在邛崃平乐古镇的竹编作坊，我惊讶于一群女工手中的活计，那一双双平凡而灵巧的手，正在将薄如蝉翼的竹丝，缠绕编织于瓷器、漆器上，变出一件件巧夺天工的瓷胎竹艺品。形状、大小各异的花瓶、茶具，纷纷穿上了竹子的蝉翼羽衣，或青绿色，或咖啡色，图案圆润饱满，具有鲜明的立体感和层次感，呈现出别样的美学意味。

朋友曾经送我一把竹扇——来自四川自贡。当地的"龚扇"极为出名，龚老先生是国家工艺美术大师，他制作的竹扇极为精致光亮，滑如镜，薄如绸，花鸟、山水、人物，无不在扇面上栩栩如生。因为太美，我一直舍不得用它扇风解暑，只是收藏着，偶尔细细把玩，竹扇散发着竹子特有的幽幽清香，令人爱不释手。

在眉山青神的竹艺城，我看到巨幅长卷竹丝画《清明上河图》，甚为钦服。细如发丝的竹丝，居然被民间艺人编织成艺术含量极高的惊世之作，轻如浮云，美轮美奂。听说它们还走出国门，以温馨的乡土气息和浓郁的中国传统文化之美，征服无数金发碧眼的外国人。

二

青青翠竹，潺潺河流，菜花金黄麦花白，鸡犬之声相闻，构成农村生活的画面。哪个村童不是在竹林里长大的？玩耍、躲阴凉、藏猫猫、逮笋子虫。

笋子虫旧时被归为害虫。这是一种甲壳类动物，背上有金黄和黑色的漂亮花纹，长着一对触角，一个坚硬的吸管状嘴巴，以吸食竹汁为生。据说只要被它吸过的笋子，基本是死路一条，就算长起来也是畸形。于是，逮笋子虫成了理所当然的事情。将细竹签插进其中一只虫腿，抢转竹签，笋子虫便飞起来，扇动翅膀，呼呼有声，像螺旋形的转盘。它们在飞翔时扇起凉风，因此被孩子们当作小风扇玩。

若干年后我才知道，笋子虫的学名叫竹象。它个头很小，比指甲盖大不了多少。饶是如此，也还有人捉来油炸着吃，或者扔进灶膛里，用柴火余烬烧熟来吃，说是高蛋白，十分美味。

有一年夏天，朋友从美国回来探亲，带回一对混血儿女。在县城街头，姐弟俩第一次见到腿脚被插进竹签的竹象呼呼飞舞，吓得哇的一声哭起来。女孩用手一指："太可怜了，它一定很疼很疼吧。"

我才惊觉，我们习以为常的娱乐，在陌生的视线里，是多么残忍。人对自然万物，实在应该多一些敬畏。没有什么虫子一定是害虫。在造物主那里，没有高下之分。所有生物都是生态系统的一部分，芸芸众生，各得其所。

竹林完全把自己贡献出来，包括竹叶和笋壳。村民用竹耙把竹叶和笋壳捞拢，背回去烧火做饭。笋壳有毛，一不小心粘在身上会特别痒，不容易洗掉。不过，笋壳比竹叶耐烧。几片笋壳扔进柴灶，可以做一碗蛋炒饭。

笋壳还可以做成锅盖，过去农村厨房里常见。用草把仔细擦掉笋壳上的毛，裁布一样剪成整齐的长片，一双巧手一圈圈缝制，就做成斗笠状的锅盖。今天经营柴火鸡的农家乐，仍然采用这种老式的大锅盖，透气，烧煮出的鸡肉滋味殊异。用旧的笋壳锅盖，随手扔进灶膛就烧掉了，反正就地取材，重新做一个也不难。说起不结实的物什，村里人开玩笑说，"你这东西是笋壳牌的"，真是接地气的比喻。

在竹林里，我发现生长是有声音的。"啪、啪"，春天的竹林里经常会听到这声音，在一片寂静中显得格外惊心。四顾无人，也无鸟兽出没的踪影，只见地上多了几片黄色笋壳——啪啪声就是笋壳落地时发出的。

竹子迫切生长着，每长一截就要挣脱一层壳，等笋壳蜕尽，竹便长成。此时再看竹林，已是一汪碧波，不时从里面溢出蝉的叫声。它们在叫什么呢？叫你回来，回到竹林里的故乡，回到生生不息的自然里，回到你本来的天真纯善里。

三

不是所有的笋都能长成竹，有的笋刚冒出地面，就被采挖带走。笋，是真正的山珍美味。不同种类的笋吃法不同。慈竹笋肉质肥厚，适于素炒，入嘴，略有几丝涩苦，但清香满口，乡亲们常做此菜，说它有清热之功。

楠竹笋有饭碗那么粗，肉厚，剥一根便可炒出一大盘菜肴。好吃不过笋烧肉。每年春末，这道菜频频出现在农家的餐桌上。

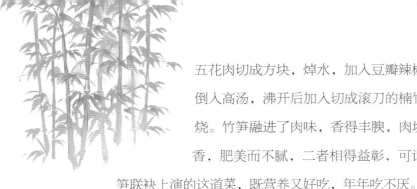

五花肉切成方块，焯水，加入豆瓣辣椒炒至黄色，倒入高汤，沸开后加入切成滚刀的楠竹笋，小火慢烧。竹笋融进了肉味，香得丰腴，肉块融入笋的清香，肥美而不腻，二者相得益彰，可谓绝配。肉与笋联袂上演的这道菜，既营养又好吃，年年吃不厌。

我吃过最美味的笋，是来自西岭山中的黑笋子，采自秋天。它虽然很细，但比斑竹笋肉厚，小小一扎可以做出满满一盘可口的炒笋。农家如果遇上杀鸡，村民会用鸡肚里挖出的鸡油炒，如此炒出的竹笋特别清鲜，也特别爽脆。

黑笋子凉拌好吃，有独特香气。滚水里捞过，用手撕成细丝，淋上红油辣椒、味精、盐巴，放一些豆豉，甚至酸辣椒，撒上葱花，再拌匀，食之脆嫩化渣，鲜香无匹。

春笋干吃，香气更隽永。趁连续几天艳阳，把焯过水的嫩笋晒干，留待日后慢慢享用。所有的干菜经过阳光暴晒和后期转化，都会化成恒久的岁月之香。干笋的香浓，是很多人的心头爱。隆冬时节，天寒地冻，雪花飞舞，室内炉火正旺，一锅笋干炖肉，汤沸肉香，褐黄的笋节在浓汤里载浮载沉。它们饱吸肉味，散发出更为笃定的香味。

我常想，竹笋可谓世界上最有品格的蔬菜，可以烈火重油烹制，也可以素炒、清蒸。过去西岭山中，早春天寒，挖笋人劳动之后，肚中饥饿，便在空地上燃起篝火，把带壳竹笋直接放进火里烧烤，剥开吃清香美味。你看，无论鲜吃或干吃，笋都不失其品性，这算不算君子之风呢？

关于竹笋，记得我的小学班主任曾做过一个比喻，他说有的人是"墙上芦苇，头重脚轻根底浅；山间竹笋，嘴尖皮厚腹中空"。

希望我们要好好读书，不要做"墙上芦苇"和"山间竹笋"那样胸中无物的人。老师早已作古，但是每到吃笋的时节，总会忆起他当初说这句话时的音容笑貌。记得清楚的，还有他给我批改作文，满纸的红色钢笔小楷，端正如竹，一丝不苟。

四

古代文人反复歌颂竹子的人文气质——清雅、疏节、坚韧，与文人的风骨构成了某种意味深长的联系。苏东坡直抒胸臆："宁可食无肉，不可居无竹。"竹子葱郁在人们的日常生活中，繁茂于文人墨客的笔下，与中国文化同生共长。

清代画家郑板桥一生爱竹，所画墨竹多为写意之作，一气呵成，其一枝一叶，或枯竹新篁，或丛竹单枝，或风雨潇潇竹斜影，浓淡枯荣、点染挥毫，无不精妙。"乌纱掷去不为官，囊橐萧萧两袖寒。写取一枝清瘦竹，秋风江上作鱼竿。"自从读了板桥的这首诗，他的形象就被我定格为一竿瘦竹，坚劲挺秀，风骨峻峭。

中国人的一生，注定与竹子息息相关。在东方人的视野中，有关竹子的精神传奇数千年来一直高蹈在历史的天空。竹子，它同时喂养着我们的身体和精神。

多年以后，当我住进城市的高楼，十指不沾泥，对竹子的喜爱却有增无减。

我常与竹子相对而坐，静默或发呆，或梳理、修剪内心的杂草。对人来说，删繁就简亦是必需的，时时做减法，断、舍、离，放下过往，让心归零，空心如竹。

感谢竹的陪伴。与竹为邻，天长日久，是否能习染得竹子的气性？即便不能修到竹子的满身清气，至少，竹子为我们带来四季常绿的美。美，是一种滋养，更是无言的慰藉。有竹的地方就有灵气和韵致。就像此刻，阳光洒进屋子，隔着竹叶的婆娑绿隙，静谧，予人遐思。

扫码听书

近绿者悦

与树在一起

我的姓名里带有"木"字，五行也属木，对树木一直有掏心掏肺的好感。我喜爱所有的树，开花的或不开花的，挺拔伟岸的或秀气袅娜的。在我看来，它们像性格不同的人，各有其美。

下乡时，每遇到心仪的树，常常仰着头，将相机或手机举过头顶，以蓝天为背景，拍照。那些树，它们一动不动，内敛而有力，面对我的镜头，总是默默微笑。有一次我甚至听到低低的笑声，似乎在说：瞧，树下有个傻子。

季节走到秋天，树叶开始斑斓，落叶离枝，悠然、自得，如一场告别之舞。词穷如我，除了脑中浮现出"黄叶舞秋风"这样的话，再想不出别的句子。我只能举起相机，一次次，试图捕捉那瞬间的美，再把它们变成朋友圈的"九宫格"。这么做，到底有什么意义呢？我答不出来，只知道，与树在一起，身心愉快，一无所想，内心回到纯粹的状态。

眼下，正是栾树的花期，小区里和街道上随时可见。它们一边开花，花一边纷纷坠落。树尖上一堆堆黄红色，因为太高，看

120

不清，也不好拍。我俯身捡起落在地面的小花，她躺在我手心，那么愉悦安然，花朵像樱桃小嘴似的张开，露出一点深红，像杜鹃滴血，又像古代女子额上的一粒痣。

栾树，老百姓叫它摇钱树，现实而接地气。我从小就听说过摇钱树。那时家贫，面对孩子们的各种需索，父亲总说，家里有一棵摇钱树就好了。我绝想不到，世界上居然真的有摇钱树。几年前的冬季，我和玩伴去山上看风景。车停在一排叶子快要落尽的树下，树尖上吊着一串串的干果。"嘿，摇钱树！"有人兴奋地叫喊，并用力摇动树干，一串串果实便哗哗地坠落下来。那果

栾树

实实在是奇妙，藏在树叶的叶脉上，像一只只黑色的眼睛。

我从此认识了它。捡了一些种子带回，我想给父亲种一棵摇钱树。

栾树开花时，银杏的好季节也到了。近段时间，我追着楼下一棵银杏树拍，试图记录它的变化。镜头里，扇形的叶子一天天、一点点地变黄，从叶尖开始，黄色慢慢地晕染到整片叶子。忽然一天，整棵树都黄了。银杏的黄，绚烂、壮阔，给人无边无际的温暖之感。

人走在银杏树下，树叶片片飘落，好似美好的时光羽毛一样飘在眼前，想起卡朋特的《昨日重现》，清澈的歌声像泉水一样流淌，优美中带着一丝沉郁，好比风吹过树林，吹过童年的草地，吹过绿油油的青春。

树的在场，对人而言是一种安慰，它们无言、沉静、笃定，时时陪伴和照拂着人类。西班牙诗人塞尔努达写过三棵黑杨树："我流溢的情绪，集中在三棵黑杨树清晰的轮廓周围""于是我笃信地靠近树干，抱住它们，把鲜绿的青春拥紧在胸口"。塞尔努达一生坎坷，流亡数十年，经历过肉体与母语的双重被放逐，没有人比他更能体悟孤独，树给了他真正的滋养，这种能量是充沛的、源源不断的。树，以自己的盎然生机将人从忧郁中拔出，换个说法，对人相当于救赎，令人摆脱沮丧、颓唐等负面情绪。

有树在，人世的祥和便有了。所谓舒适的生活，用一个"闲"字足以解释。"闲"，意味着庭院里一定要有树，嘉树成荫，坐在树下喝茶、吃饭、晒太阳，好日子理当如此，有情有趣。

安仁古镇的明轩公馆里，一株苍老的李子树，每年春天满树繁花，洁白素净，比文人的诗作还好。我和朋友常常坐在树下喝茶。阳光下，眯着眼看它，说不出一句话，心底有一种东西在翻滚、漫漶。

春天里，我们驱车去看一棵树龄两千年的古罗汉松。古树长在偏僻的山乡，陡窄的村道拐过十八弯，终于将我们带到它面前。它高耸入云，虬枝峥嵘，树皮极为粗糙，硬似动物鳞片，叶片并非新翠之绿，而是苍灰色的老绿。清风吹送，古树依然俯仰自得，具有鸡皮鹤发的苍迈。当地群众给树系上红绸带，视之为神，祈求它的福荫。

那天阳光极好，周围是起伏的山峦，空气里弥漫着油菜花香。我们在树下草地里铺上垫子，盘腿闭目打坐。四下里寂无人声，我听到风掠过、鸟飞过。仿佛有一种能量传递过来，或者是一道神谕，我有种顿悟，仿佛被一道光照亮，所谓"独与天地精神往来，而不敖倪于万物"，似乎一下子就懂得了。

那棵树，经历过多少朝代更迭、风雷霹雳，它什么没见过？但自始至终，它都不说一句话，从容淡定。这种经年的沉默、隐忍、谦逊，令我们肃然起敬。它才是真正的修行者。

有些滋养是无形的，就像树木给予人的，有它们静默的陪伴，人世不再荒寒。树下时光，片刻即永恒，从此挂在记忆里，像一枚温暖发亮的茧。

从山中回来，那天夜里我做了一个奇妙的梦，梦见自己变成一只树上的鸟，栖息于树，安然自得。东方既白，晨光里，我唱着自己的歌，并且终于飞起来，彻底解脱。我分明听到，扑面而来的，是所有树叶的合唱……

阳台上的花草

人养花，花也养人。

我在阳台上养了一百多盆花。阳台上没几盆花，还叫什么人家呢？倘若我家的阳台荒芜着，一定也是日子过得最潦草的时候；若花木葱郁，心儿大致也处于活泼泼的状态。

我每天都会去阳台看花草，纯粹瞧一瞧，或者浇浇水，挪挪盆。那是一种习惯与需要，就像早晨打开窗户那么自然。

都是普通的花盆，不起眼的花草。都是用便宜的价钱买来的，或者向人讨要来，自己种下去，看着长。抽个叶，开个花，多一点动静都知道，都在眼里。这时，你看到的我，肯定在笑。我一天最美的样子，大概就在这时候。花心草心人心是相通的，置放于同一个阳台，阳台便是溶液。

你以为你在养花吗？不，你在养育你自己——你的清气、静气、朝气。

这些年搬过几次家，旧家具旧衣物扔掉不少，但有几盆植物一直跟随着我，不离不弃，堪比亲人。

两盆棕竹，我已经养了好几年，一直葱绿着，生机盎然，就像家里孩子一样充满生机，给家里带来四季常在的绿。虽没有开花，但是它沉默安静的姿态，像内秀的女子，于我心有戚戚焉。

转眼栀子花也要开了。因为它总是跟随端午一起到来，让人联系到屈子的背影，感觉它的香味是无与伦比的清澈。无论大栀子、小栀子，叶片全都油绿泛光，枝丫间都缀满结实花蕾，一天天饱胀，孕育着力量，仿佛随时都会绽开笑颜，吐出芳香。

天竺葵长得很快，生命力之强令人吃惊。朋友来家里玩，开玩笑说："你养的花都像你，个子高。"我说："这是徒长，傻长。"有一天，我终于下定决心，将它从中间折断，不忍丢弃，随便插在旁边的花盆里，浇上水。不过几天，它居然成活，很快擎满花蕾，不久便开出红艳花朵，密集成球，一副喜气洋洋的模样。

花草自己会奋斗，自然让人少操心，但是倘若真的置之不理，大半还是活不长。我一向觉得，植物具有女性的温柔气质，需要照料和呵护。浇水、修枝剪叶、施肥除虫，这些都是必需的。这不是娇柔和娇情，而是造物主赋予她的天质。如果世间一切事物都无须照料，兀自存在，独来独往，其实世界就少了许多意义。

有一阵，橡皮树不断掉落黄叶，眼看就要死翘翘。拍下视频，请教认识的花师傅，他说，可能泥土有问题，营养不良，或者有虫卵什么的。方法是直接用新的营养土替换，或者倒出，杀菌、上肥，最好是浇发酵过的淘米水，这样土质会变得肥沃疏松。于是照办，不敢怠慢。先是换土。换土如换血，不仅是大手术，还是辛苦活。先用铁锹挖出植物，倒出原土，重新用混合好的营养土填盆，再费力地把植物搬进去，扶正，培土，浇水。一番折腾，累得汗流浃背。劳动毕竟是有成效的。不几天，橡皮树停止掉叶，活过来，枝头竟重新萌发出新芽，我高兴至极。

家里植物多，气场会不一样。据说绿植可以改变家里的风水，我不知道是否如此。只觉得，每天下班回家，推门便见一大盆茂盛的绿萝，安静地泊在矮柜上，仿佛给归来的人捧上一杯绿茶。那精神抖擞的圆叶，像一只只可爱的耳朵，在凝神谛听你回家的脚步声。它们充溢着一种温暖湿润的气息，沁人心脾，人被这绿意浸润，仿佛融化于时间里。

人与植物在一起，是安心的。年岁渐长，爱清净。喜欢回到家里，泡一壶茶，与满屋子的植物待在一起，看看这棵，搬搬那盆，心里澄明一片。阳台上有一张小小的茶桌，旁边是一盆龙须草，油绿的狭长叶片直探到桌上。周末，我常坐在那里喝茶或发呆，看书，看天上的流云，看楼下花园里茁壮、繁茂的花树。

今年楼下的金银花开得极为繁盛。午后，阳光正好，没有风，我却闻到阵阵芳香。我感觉，那淡淡的香气是沿着一架无形的云梯，从楼底攀缘上来的，像一个不速之客。啊，金银花香驾到，该如何迎接？我把茶桌对面的椅子让给她，给她泡上一杯上好的龙井。色泽翠绿、香气浓郁，啜之淡然、饮后有"太和之气"的佳美茶汤才最适合她。

茶者，南方之嘉木也，花香、草香、茶香交织在一起，植物的气息让人内心安详。与它们厮守日久，我越来越发现，植物与我如今的心境相当契合——从容，内敛，守静。草木沉默不语，它们与我是知己，是亲人，我们彼此照顾，相互依存。

素常日子，流水一般淌过。只要有草木陪伴，心就不会孤单，也不会枯萎，随时处于一片巨大的浓荫中。

辑

三

花

下

流

光

梅花

梅花树下茶香浓

梅花是春的信使。立春前夕，看到朋友在大坪山拍摄的照片，满山梅花始绽，一朵朵、一树树、一片片粉白娇艳的花朵，细看袅袅婷婷，远看云蒸霞蔚。我心动了，是时候在梅花树下烹茶了，这一场风雅岂能错过？

大坪山位于川西大邑鹤鸣山，每年早春到此赏花喝茶，已是不变的迎春仪式。一杯清茶安放在天地自然中，尤其安放在道教祖庭鹤鸣山，茶汤里有高山流水与天人合一的和雅之境，含蓄蕴藉。

癸卯年立春，梅花茶会如约举行。一拨茶友专程从成都、眉山等地赶来，他们笑说：一脚踏进大坪山，心儿都醉了！一下车，扑面而来的是山野的清新空气，远远闻到一股细细的清香，直渗进人的肺腑。举目四顾，坡岭上到处是盛开的梅花，红的，粉的，白的，一树梅花一树诗。它们开得素净纷繁，粉嫩娇俏，星星点点，清芳里带着一丝丝冷韵。

从停车场下行数百米，即到天谷洞道观。这是一个小小的道观，相当干净，距离天谷洞不足一百米。天谷洞也叫天师洞，位于道教祖庭鹤鸣山的鹤背位置，据传是创立五斗米教的张道陵天师当年修炼的岩洞，后来仙师张三丰也曾来此修行。记得去年夏天我们曾去探访山洞，满山草木葳蕤，骄阳在头顶燃烧，但人一走近洞口，便有森森冷气袭来，眼镜镜片瞬间模糊。洞内黝黑且深不可测，一行人躬身前行十几米，知难而退。

天谷洞道观前有一个悬空搭建的木头平台，这是一处开阔的场所，大约两百平方米，背靠大山，面朝空谷，天气晴好的时候，对面的山峦树林清晰可见。当日薄阴，群山被笼罩在白茫茫的浓雾之中，恍如仙境。道观左侧有一株虬枝伸展的老梅树，好像修行多年的隐士，斜伸出繁花满枝的手臂，仿佛是长长的拂尘一甩，声音隔空传来："老道这厢有礼了！"我们决定就在这棵树下铺设茶席，杏黄色的刺绣桌布打开，像春天的阳光闪耀，案头一枝梅花斜插着，春意知几许。

天谷山泉清冽甘活，宜泡茶。先泡一道老白茶。去年冬天"阳"过后，我咳嗽不止，后来用陈皮煮老白茶喝，居然逐渐痊愈。都说五年以上的老白茶清凉解毒，其效等同于犀牛角，我相信这个说法。茶之为饮，始为药用，况乎生晒且经过长期转化的白茶。出汤后，我发现，今日以天谷山泉沏出的白茶，汤色格外清透泛红，细细啜饮，茶汤更有活性，更柔滑，回甘也更快。

茶聊中，大家说起天谷洞。天谷洞是在峭壁上天然形成的岩洞，洞中有洞，据说有大洞二十四个，应二十四气；小洞七十二穴，应七十二候，洞内岩壁及岩顶凝结着千姿百态的钟乳石花。道观的道长说，他曾入洞探寻，洞深达千余米，尽头处有一小洞直通山顶，阳光可以照入洞中。负阴抱阳，天地交合，是修炼的洞天福地。如此说来，在道教祖庭鹤鸣山的大坪山赏花品茶，且用天谷洞的泉水冲沏，这一盏茶真是意味深长了。

不知何时，太阳从云缝里探出头来，露出微微的笑脸。细碎阳光通过梅花漏影到茶席上，透出山野特有的光影之美。剪剪微风、漠漠春寒，但一盏老白茶喝得大伙儿身心俱暖。不能辜负这一树花蜜香浓，我起身摘下几朵娇粉的梅花，丢进盖碗里。茶汤里的温婉，陡然多了清冽的幽香。细细品来，竟是从未体验过的清凉甜香。

花间一壶茶，席上饮清雅。对花品茗，还有什么比这更美妙的呢？暗香浮动的这一席茶，让茹姐姐触景生情，吟诵起《诗经·小雅·鹿鸣》："呦呦鹿鸣，食野之苹。我有嘉宾，鼓瑟吹笙……"古韵悠悠，清趣无边。歌尔姐姐也诗兴大发，当即为大家朗读起刚写的诗。你一首，我一首，诗情在茶香里飞扬。清亮金黄的茶汤里，有花影荡漾入盏，也映着茶友们温暖的笑容。这一刻，茶沟通天地自然，也连接心灵与友情。此情此景，让我想起丰子恺的漫画里所描述的"小桌呼朋三面坐，留将一面与梅花"，携山水共饮，与梅花同笑，这正是我喜爱的诗境和茶境。

第二道茶，冲泡蜡梅窨制的红茶。换壶，投茶，注水，出汤……玻璃公道杯中，蜜黄通透、璀璨如宝石的茶汤引来一片赞叹。细细饮之，茶汤鲜灵，喉底沁凉圆润，回味悠长。细嗅杯底，是绵长的蜡梅冷香。茶香在口舌，花香在鼻目，众茶友无不欢喜，笑呼："梅花树下品梅花茶，这真是神仙日子！"

对花饮茶，本就清雅之极，何况是梅花呢？"寻常一样窗前月，才有梅花便不同。"宋人杜耒的这句诗，指向一种闲适静美的心境。有了梅的疏影横斜，喝茶的情趣便大不相同了。明代文学家田艺蘅在《煮泉小品》里说得更明确："若把一瓯对山花啜之，当更助风景。"立春之日，山野寻芳，携手清心淡泊之人，幕天席地，花前树下品茗，不可不谓浮生一大快意之事。

天色渐暗，山风渐紧，该回家了。我们收拾起茶席，辞别了黄道长。走在被风吹得干干净净的山径上，看到坡上大片古老梅林，忍不住驻足观赏。鹤鸣山中的古老梅树都长在石头缝里。遍山石林黝黑苍古，布满青苔，它们形貌奇特，如大牛、奔马、大象、骆驼、巨鲨，或散落或群聚，就像走失在时光里，突然被施了魔法，瞬间，肉身化为石头。

初开的梅花粉艳缤纷，还有更多的花苞圆鼓鼓地立在枝头，如衣襟上的盘扣。去年盛夏，我们上山时正逢青梅成熟的季节，满树梅子郁郁累累，看得人口舌生津。那次，我们摘了很多鲜梅，带回去做青梅酒、糖渍青梅。一坛果香浓郁的青梅酒，在隆冬雪天带来山野的问候。

又一个轮回的四季即将到来。年年岁岁，花开花落，每朵花和每颗果实里，都包含着它的过去、现在、未来，从序曲到末章，一次又一次完美循环。当人知悉自然和生命的规律，也许会对世间的任何生灭，抱有真正的欣赏和珍惜。想到这里，我内心如沐暖阳。

桃花树

花开花谢，生命自有来处和去处。

桃花开了，桃花谢了，我看到花瓣飘零于时间的水上，顺水而去。我感觉自己像一棵树，生长在土地里。打坐将身体变成一棵宁静的树。

在桃花树下打坐

桃花

此刻，我在桃花树下打坐

穿过一盏茶汤

聆听你的呼吸和心跳

花开花谢，生命自有来处和去处

在风狂雨骤中

你的笑容像阿育王的石柱，不曾有

一丝变迁

如此寂静，新鲜而又苍老

三月，我坐在桃花树下，脑海里浮现出一些句子，也不是诗，只是心中所感。一边是河流，一边是桃花，头上有鱼肚白的云。哗哗的流水带走花瓣，也带走时间。桃花开得繁盛，也开得寂静。淡粉花瓣被碧绿的新叶簇拥，仿佛一幅从《诗经》里走出来的古画。

闭上眼，嗅觉和听觉更加灵敏。我听到鸟啼，闻到空气里的香味，飘浮的、幽微的蜜香，雾气一样缥缈。这种香味是令人喜悦的气息，将置身其中的人往上抬升，径直达到一种轻盈的状态，于是，一些活泼的情绪不自觉地浮起，像枝条上的新绿。这种情绪非常健康，跟春天合衬。

游春的人真多。拍照，拍视频，桃花不管这些喧哗，兀自开着。

人与桃花，相看两不厌。

桃花是喜气的花，明亮美好，它没有梨花的素淡寡寒，也不像蜡梅那样孤高香冷。"桃之夭夭，灼灼其华。之子于归，宜其室家。"沃野千里，遍植桃林，人间三月桃花开，喜鹊喳喳叫，唢呐声声，打扮光鲜的年轻女子走在出嫁的路上，而那片片桃林正在前方等待她的到来——女子出嫁，不正如盛开的花朵一样欢喜吗？桃花绽放在春风里，不正暗合欣欣向荣的人生吗？

桃花的花期很短，从花开到花落，不过十天左右。所谓好花不常开，好景不常在。落花无言，是否在提醒我们要珍惜这时空里的相遇？不过，桃花凋零，并没有半点伤感，片片落红逐流水，是一张春天的明信片。

桃花之美，总是指向青春、红颜、爱情。美好的事物都短暂无常。在童话故事里，王子与公主的爱情极其浪漫，但是故事只讲到两人结婚为止，谁也不会告诉你，他们后来又发生了一些什么事情。在看似平淡的生活中，在岁月的河流中，一切都在变化，又有什么能够恒常不变？佛云，一切恩爱会，无常难得久。

《红楼梦》里，黛玉用锦囊葬花，伤春之余，不免自嗟自怜，感叹道："一朝春尽红颜老，花落人亡两不知。"尽管兰心蕙质，潇湘妃子终究没有参透。其实，花开花落本是自然，青春也好，爱情也罢，世间诸相莫不如此。既有缘起，必有缘灭，又何必为之所困、为之所苦？不如放下，心无挂碍，一切随缘。缘来，则聚；缘尽，则散。爱若在，便享受这欢聚；爱若去，不勉强不纠缠，就像告别一朵落花，带着感恩之心，谢谢这美丽的相遇。挥一挥手，不带走一片花瓣，没有多余的情绪。

前几天做过一个离奇的梦。梦境里，我和朋友走进山谷，遍地青草，还有很多树，其中一棵开满硕大的花朵，粉红艳丽，清香阵阵，梦里我并不惊讶，感觉这是非常熟悉的场景。我们继续前行，沿着羊肠小道攀爬，在山路拐弯处，忽然看见一棵树挂满果实，像桃子，又像苹果，长得粉嫩水灵。我瞬间感到口渴难忍，忍不住踮起脚摘下一个，咬下去，汁液横流，居然有浓稠的奶香味，是从未品尝过的甘美。我问身边的朋友，这到底是什么水果。她微笑着轻声说，这是你梦里的果实，不要当真，只是一个幻影罢了。不过，她又补充道，这是一个很难得的梦，你耐心等待，会有好收成。我还想问她什么，猛然传来一阵惊天动地的音乐声，嘹亮的唢呐声穿透空气。我随即醒来。

醒来时有些怅惘，舌尖上的甜美犹在。次日上午，朋友正巧打来电话，我向她讲述这个梦。她大笑说：你真是会做美梦啊。稍停片刻，她说，梦都是潜意识的表达，你可能最近桃花看得太多。我忽然心里一动，产生一种突破性的认识，我明白了，梦境里在场的朋友，以及桃花和果实，花团锦簇，只是幻梦一场，真实的是自己的心。正如那个经典的禅宗故事，不是风动，不是幡动，而是心动。也就是说，桃花是我，朋友也是另一个我。我又是谁？也是幻梦。佛说，知幻即离，离幻即觉。

从一朵短暂开放的桃花里，可以听到千言万语，它可以映照出内心的清净。此刻，让我们在桃花树下打坐。盘腿，放松，闭眼，聆听吹过桃林的风声，以及掠过天边的鸟语。深长、缓慢地呼吸，细闻风中树叶和桃花的清香。

安住当下。如如不动。就像一棵桃树扎根于泥土深处，它驻留于人间，俯视着多少年轻情侣的誓言，然后看着他们的婚姻逐渐暗淡，最后看到饱受情爱摧折的老人从树下走过。桃树是情与爱的见证者吗？它看到缘起缘灭，一切都在流转不休。不过，既然来这个世间一趟，不妨去享受这个冲浪般的过程。

桃花开了，桃花谢了，我看到花瓣飘零于时间的水上，顺水而去。我感觉自己像一棵树，生长在土地里。打坐将身体变成一棵宁静的树。年复一年，落花脱尽后会有果实，来年依旧有花期。内心柔顺，清凉自在，一切便是圆满。

人之一生，如梦如幻。有时一个梦的结束，正是另一个梦的开始。

此刻，我在桃花树下等你，我在宏阔的时空里等你。桃花已经开好。如果真正懂得欣赏花开，就不会惧怕人生无常。

蔷薇

蔷薇的合唱

那天深夜开车回家，瞥见路旁有一排花树，挡风玻璃前碎雪飘舞，知道是紫叶李开了。我打开车窗，旋即，早春的风挟着寒意，裹着许多细小花瓣飘进来。春天的花事，就此拉开序幕。

从二月的紫叶李，到三月的海棠、玉兰，再到桃梨杏李，你方唱罢我登场。不过，它们都不过是铺垫，终究引领不了春天的潮流。真正的主角就要登场了。

四月，蔷薇出场。这才是一场浩浩荡荡的盛事。它不像紫叶李，轻盈自在，飞花逐梦；也不像海棠和玉兰，经不起一再注视和问讯，看着看着就落了，如同一场转瞬即逝的爱情。蔷薇的美是沉稳扎实、有重量的，它们绵延不绝，向四面八方铺展开去，充满狂热奔涌的劲头，让人吃惊——这样肆意蔓延的力量，到底来自哪里呢？人的身体和意志能否像它这样呢？

之前，它们一直悄无声息，仿佛在积攒力量。从新芽初绽到稠叶广布，再到冒出花蕾，用去大半个春天的时间，真是舍得，那么漫长的孕育和等待，也真是耐心。终于到点了。最先冒出的是一两朵，还有些怯生生的，左顾右盼，咦，正式的演出还没有开始吗？于是，它们小声小气地，似乎在调音试弦。接着是三五朵，空气里的香味逐渐浓郁，紧跟着，越来越多的花再也按捺不住，很快，几天工夫，所有花朵像听到号令，不再迟疑，开得一发而不可收，不遗余力。

于是，乡村或城市，围墙、栅栏或篱笆，处处是蔷薇的深渊。繁茂的绿叶丛中，被阳光灌透的大朵小朵、单瓣复瓣，深浅红紫，热热闹闹，累累层叠，直至压弯藤蔓，垂向大地，仿佛在向泥土致敬。

蔷薇香风飘荡，是那样安静，又是那样壮观，像一支大合唱，你唱我和，你领我伴；又好像交响乐的合奏，一波一个乐章地涌动，到高潮处，简直是贝多芬的《欢乐颂》，辉煌灿烂。这颜色，这阵势，何其热烈，汹涌澎湃，仿佛是一场倾尽所有的付出——爱，就要爱到地老天荒；情深，就要深到无以为继。真正的爱情，就是一场不计成本的投入，哪怕血本无归，最后只剩一堆血肉模糊的碎片。

"忽惊红琉璃，千艳万艳开"，这是唐代诗人孟郊笔下的蔷薇。在诗歌史上以"郊寒岛瘦"闻名的孟郊，在一千多年前的春日，陡然被蔷薇的闪电击中，猝不及防，也吟诵出如此磅礴的诗句。是的，蔷薇美在"千艳万艳"，单独一朵花并不起眼，甚至娇弱堪怜。它们胜在丛簇盛开，一枝数朵或十几朵，构成宏大叙事。相比之下，月季、玫瑰属于独立的女性，单枝单花，大方优雅，一亮嗓子气场全开。而蔷薇一开成团成簇，它们在气质上接近于另一种女性——先天的柔弱注定她们喜欢抱团，将自己融入集体之中。独唱是需要勇气和穿透力的，蔷薇宁愿选择合唱。这是彼此映衬、彼此成全的和谐歌声，旋律相对固定，但又有不同的高低、疾徐，有情有意，轻松欢快，将整个乡村和城市都感染了。连那些最不爱花的人，也禁不住被吸引而驻足，陶醉在蔷薇的优美和声里。

蔷薇花开，总让我想起喜欢的CaraNua乐队，每个女声都是一簇小小的温暖火焰，音色甜美，自然闪耀，但组合在一起，就更为丰满立体，有一种摄人心魂的力量。记得是在电影《马戏之王》里，第一次听过她们的女声三重唱："我闭上双眼，看到那个等待我的世界……"和声柔美，气息空灵轻柔，犹如蔷薇花香淡淡弥漫。

还有黑鸭子组合，她们的《相逢是首歌》，水一样温婉悠远，直唱得人心旌摇荡。"相逢是首歌，同行是你和我，心儿是年轻的太阳，真诚也活泼……"唱的不正是蔷薇的花样人生吗？

我家所在的小区，花园的甬道尽头是一面蔷薇花墙，平日少有人至，最近蔷薇花开，天天有人聚在那里，看样子是在排练节目。一群老太太围拢在一起，形成一个圈，圈内是她们的大明星，明星正在教跳舞，大概是一种民族舞。她身着黑底红花的长裙，手拿红绸，个子不高，身材略有些臃肿，但舞姿依然灵活，舞步相当轻盈。我注意到她翘起兰花指的手，那是怎样的一双手呢？瘦，筋脉突兀，镌刻着皱纹和沧桑，被阳光晃着，有一种黄褐色的光在闪烁。她转身，扭腰，抬手，舒臂，旋转……在阳光下，在花香里，在恰到好处的风中，她且舞且蹈，自由自在。一瞬间让人觉得，她分明就是一朵盛开的蔷薇花。

　　她曾经是剧团演员吧？是一位退休教师或医生？许就是一位普通的家庭妇女？我用幻想编织她的生平，她有过怎样的经历呢？多年过去，她的身姿还算挺拔，脸庞干净，皱纹里带着平静，想必性情温和。我还在胡乱猜想，她已经示范完毕，一圈人于是散开，开始各自练习。我站在旁边围观，感动于她们的热情与投入，忽然有种冲动，很想加入她们的队伍。在蔷薇花香里跳一曲舞，无拘无束，多么美妙的时光！这一群跳舞的女人跟身后丛丛簇簇的蔷薇别无二致，果然是女人如花，花如女人，从少女到老妇，只要爱美的情怀在，皱纹没有刻进心里，一路上便繁花似锦。

　　午后的阳光如黄金泻地，有金属的质感，沉甸甸的，让人瞌睡。慵懒中，你无意间看到路旁的这一面花墙，看到花墙下舞蹈的一群女人，无数花朵正在尽情吐蕊，朵朵精神充沛。什么是姹紫嫣红？什么是良辰美景？花开的时光就是良辰，花下的舞蹈就是盛大的春天。

　　阳光灿烂，蔷薇花香显得格外温暖，抚慰人心。此刻，作为她们跳舞的背景，蔷薇的盛开显得意味深长。我似乎听到蔷薇在歌唱，它们在为女人们伴唱吗？又或者，是女人们在为蔷薇的合唱伴舞？

　　我想起在夏夜乡村常见的一幕，当太阳落下地平线时，萤火虫开始发光，它们在飞舞中划出一道道忽明忽暗的弧线，其微光因为黑夜的降临而分外明亮，带给人惊喜和温暖。不能成为太阳的人，当一只萤火虫也很好，换句话说，即使本身发不出太多光和热，但是与同伴一起，各自点点闪烁光芒，这一点微光，依然是诗性的光辉，灵魂的光辉。

微风将我的思绪吹回眼前。多么蓬勃的蔷薇花，岁月在年复一年中更迭着，它们也年复一年地尽力绽放，彼此呼应，携手相伴，这一簇花萎谢了，另一簇接着开，这一丛开败了，那一丛又开出新的故事。藤蔓上牵连不断，凝聚成阔大的景象，走进你的内心，滋养你的精神。

　　蔷薇在合唱，这是芳香的和声，仿佛丝绸被风抚摸，仿佛河流的波纹渐次扩散。蔷薇的理想，是要将合唱绵延至远方，而远方还有更多的蔷薇花，那是蔷薇的深渊。

扫码听书

珙桐翔鸽

最初认识珙桐，是在无意中翻到的一本植物学图谱上，翻印的1888年初版的《戴维植物志》，其中附有作者阿尔芒·戴维手绘的珙桐花纵剖图，素描和彩色渲染让花叶栩栩如生，苞片上甚至可以看到细致清晰的脉络。这是全书唯一一张彩色插图，可见他对珙桐的痴情和用心。这个对野生动植物一往情深的法国人，名义上是个传教士，实则是个近乎疯狂的博物学达人。除了中国珙桐，大熊猫、麋鹿也是他最先发现并介绍给全世界的。

1869年5月，戴维在四川宝兴县穆坪的山林里第一次看到盛放的珙桐花，他被眼前的一幕惊呆了，激动得喃喃自语：多美的白鸽啊。只见万绿丛中，珙桐花宛如万千白鸽栖息于树，洁白的苞片酷似鸽翅，紫红花序如同鸽头黄绿色的柱头，又像鸟喙。山风吹拂，一棵棵花树轻微战栗，美不胜收。后来，珙桐被引种到西方，逐渐成为举世闻名的观赏树种。

戴维是幸运的，他的中国之行收获丰盛，自然之灵慷慨地向他展示出东方动植物的神性与绝美。珙桐一被发现，就立即俘获了所有人的心。满树花瓣如朵朵白帆，如翩翩白鸽，珙桐翔鸽，

就这样搭载着诗意，驶入无尽的想象之海。

　　我在现实中听说珙桐，是来自家乡一位摄影师的讲述。他说，大邑西岭、斜源、雾山的山里也有很多珙桐树。"在第四纪冰川期，绝大部分珙桐相继灭绝，仅在中国南方山区幸存少数，很难移栽成活，也不易繁育。"在他的描述里，珙桐是充满灵性的美树，枝叶间飞满白鸽，不知是翅膀变成花朵，还是花朵变成翅膀。他发过来几张自己拍摄的照片，一树洁白，一群白鸽蹁跹，芳菲正华，唱着青春之歌。

　　我一见倾心，从此对它心心念念。那山谷云雾里的一树树纯洁，是来自千万年前的深情呼唤。后来跟朋友提及，发现想看珙桐花的并不止我一人。朋友说，他已经进山几次，都因时间不对，没有遇到开花。他盼望了却多年的心愿。

冬去春来，树木抽出新芽，在春风的邀请下，我们走进西岭雪山，去探访珙桐。一路上，迎春花打开黄灿灿的热情，用明艳的黄在逐渐泛绿的山林中张扬。野樱桃散落林间，远看如一道飘落的白手绢。

在布谷鸟的叫声中，杜鹃花正开得烂漫。杜鹃品种多，山地酒店门口一排洋杜鹃，一丛连着另一丛，仿佛是跃动的火焰。洋杜鹃好像开花机器，四季都在不歇气地开，凛冽寒冬也擎着稠密花朵，纷纷红紫，但跟中国杜鹃相比，少一些意趣和意境。根植于东方的植物，似乎总是带着一种古老的气质，就像珙桐，指向一种东方美学，含蓄空灵——你见过长翅膀的离枝欲飞的花吗？它哪里是花，是飞翔的梦。

珙桐树并非每年都开花，遇见繁花满树，需要因缘。山民说，珙桐在当地被称为水梨子，跟深山里的千年香果树、黄心夜合一样，有时好几年才开一次。开花太累，它们好像都懂得一个道理，这一辈子长着呢，应该悠着点。

那一次，我们没有看到想象中的珙桐花。去得太早，珙桐才刚长出满树新绿，不过叶片也很美，卵形，边缘有锯齿，叶脉清晰，细致深刻。朋友说，下个月再来吧。

我们加了西岭雪山景区一位年轻向导的微信，接下来的日子，一次次向他打探消息。五月下旬，终于得到珙桐开花的讯息，于是，我们揣着洁白的珙桐梦，奔向群山环绕的森林。像赴一场等待许久的约会，就要跟生命中重要的人谋面，我的心儿怦怦跳。

头天晚上下过雨，抵达西岭时，群山还完全隐没在浓浓的雾云里，太阳也躲在云层深处不肯露脸。经过两三个小时的曲折迂回，向导说，到了。一抬眼，幽静山谷里，薄雾氤氲，几株开花的树木，静静站立于常绿、落叶阔叶混交林间。正是珙桐。

忽然间，天空刷的一下猛然拉开帷幕，阳光倾泻而下，直射到山树花草上。珙桐树上，一群白鸽展开羽翼，在绿叶间上下翻飞。雪白花瓣、翠绿树叶交相辉映，书写着清新与淡雅。多么干净的白与绿，不耀眼，不艳俗，呈现出丰富的单纯。我看得呆住了，这就是珙桐花，这来自千万年前的问候。它使人联想起欢乐、和平、烂漫、纯净……这些汉语里的好词，仿佛都是为珙桐而准备的。

朋友神情激动，他不说一句话，只是不停地按动相机快门，一阵猛拍。

走近细看，我这才发现，原来珙桐并非仅仅是白色，初开的花朵其实是浅绿的，它们在风儿的爱抚和雨水的冲洗下，渐变成乳白，最后变成棕黄色脱落离树。如此渐变，就像人从年轻到老去，会经历不同的阶段。其中有深意，具足禅意妙境，值得寻味。

凑近深嗅，没有花香，只闻到阳光的味道。珙桐与自然完全融合，淡然安宁。风在轻轻吹，树林里传来清脆鸟鸣。有诗意，有诗情，诗却无迹可寻，但此刻，无诗胜有诗。寂寞花开千万年，古今难觅其芳踪。我不知道这是诗人的遗憾，还是珙桐的遗憾。王维写过，"涧户寂无人，纷纷开且落"。对于珙桐，花开花落，也只是平常。

然而，珙桐开的花并非真正意义上的花，是不是很意外？我们看到的两片鸽翅形状的白色花瓣，是叶子，是生长在正常叶和花朵之间的两片变态叶，也称苞叶，起到保护花芽或果实的作用。不过，即便不是真正意义上的花，人们依然把它当作花儿来欣赏。花开有形状，花开有香气，花开有雅意，这是花开的三种境界。珙桐以叶为花，缺少了香气，却多了一份仙气。花非花，叶非叶，花即是叶，叶即是花。

站在树下，闭了眼，隐隐中，我仿佛听到有白鸽振翅。一声鸽哨从山涧幽林响起，倏忽间，清脆的哨音传到白云之巅。

风大了，满树白鸽呼啦啦地全部起飞，让人想流泪。能从遥远的冰川时代之前，一直开到今天，珙桐是一种神迹。我们能在这个时空里与它相遇，实属幸运。

那天，我穿着一件绿衫，跟珙桐合影。没有丝巾和兰花指，就这样站在珙桐树下，安安静静地拍一张照片留作纪念。一棵开花的树，长在生命的路途，就像一个女诗人在多年前写的，求了五百年，终于换来今生的一段尘缘。

朋友启动无人机，开始航拍。我坐在珙桐树下的斜坡草地上，长时间仰望着花树。云雾散尽，天空已经晴正，蓝得纯净，蓝如深海，在这无边的背景下，珙桐更显得高洁、静美。不远处，溪流奔腾，清风在云杉、银杏嫩绿的新叶间穿梭。此时，万物空灵，我就像依偎在大山的怀抱里，谛听苍冥的密召和自然的窃窃私语。如此亲切与亲近，仿佛融入当下，融入自然，万物与我合为一体。

我想起阿尔芒·戴维当年的惊喜。一百多年前，他初见珙桐花时，断定这是一种从未见过的植物，取名为手帕树，并将其标本寄回巴黎自然博物馆。白手帕，倒也形象，但也太具象了。

群芳之中，我委实想不出有什么植物的名字比这更俗气和平庸。东方的美，需要更跳脱更诗性的表达。还是珙桐这个名字好，"珙"，意为大的璧玉，玉洁冰清，纯洁灿然；"桐"乃树名，凡是叫桐的树，无一例外都有坚毅勇敢和祥瑞之气，而且"桐"也是琴名，如桐丝、桐竹、桐音。珙桐，玉一样的美树，让人想到古琴的雅音，寂寂的白，欲说还休，在长风浩荡中有着珍贵美好的情意。

看过盛大的珙桐花开，心满意足。此去经年，念及珙桐，终于不复是模糊的梦境。一棵珙桐开花，就会有无数珙桐开花。设想一个春夜，山岗上升起一轮满月，漫山遍野的珙桐花都开好了，我们牵手在月下看花，或者在珙桐树下摆一壶酒，长夜倾谈。月华如流水，如白缎，温柔可触，在广大无边的寂静里，珙桐花涌起翻滚的层层白浪，其间跳跃着朵朵微绿、乳白、棕黄的火焰，它们在无声地燃烧。

多么干净的火焰，珙桐翔鸽。河山辽远，春日如此盛大。

栀子花带来清凉
和诗意

栀子花

　　栀子花又开了，带来重逢的喜悦。它年年如约而至，熟稔如老友，新鲜如初恋。

　　跟它一起来的，是初夏的鸟鸣。天色微明，新开的栀子花上带着晨露，笑颜在一点点展开，微风吹过，芳香扑鼻。与此同时，树林里的乌鸫开始练嗓，歌声有时像竹笛，有时似箫韵，并且在各种旋律之间自如切换，极尽婉转。6点过，东边天空出现日出前的蔷薇色光芒，更多的鸟鸣从四面八方升起，涌起晨唱的波峰。我凝神谛听，心想，它们这么起劲地歌唱，到底在唱些什么呢？

　　早晨的空气清透纯净，我假如是一只鸟，也会在晨光里尽情欢歌。我要歌唱栀子花，感谢它年年岁岁来相见，好像完成一次次承诺，绝不失信；感谢它兢兢业业地开，毫无保留地吐香，带来清凉和诗意。

　　栀子花是我的旧爱，也是每年的新欢。四五十载光阴倏忽而逝，哪一年没有它的陪伴呢？进入五月，处处可见它的身影，稠密绿叶间擎起绿白的蓓蕾。忽然一天，叶

152

丛里绽放出无数白花，好像天使降临人间，伸开洁白的翅膀，让空气里飘浮着馥郁醇厚的香。

最初是螺旋状的花蕾，鼓鼓的，含蓄不语；然后，试探着抽出一两片花瓣，娇羞盈盈；最后全然绽放，开怀大笑……但凡有一盆栀子花放在阳台上，你注意看，每一天都有新开的花朵，每一天都是新的，让人欢喜赞叹。每一朵栀子花开，都是一支轻音乐奏响；许多栀子花同时开，就编织出一片清凉世界，好像一地的白月光。这些白皙的花朵，包藏着惊人的能量，香得浓稠，浓似一种执拗的爱情，热烈，不留退路。

栀子花朴素强健，特别好种，春天里剪下枝条，扦插即活。只要土壤足够湿润肥沃，它必不辜负人心情意。大朵小朵、单瓣复瓣都有，长势极好，密密丛丛，有的索性长成栀子花树，满树白花，浓香四溢，几乎有波涛汹涌之势。

栀子花谢了，结的果实就叫栀子。不过，我种植过多年栀子花，从未看过它结果，花谢了就谢了，枯萎脱落。询问朋友，她说能结果的应该是山栀子，金红色果实，多棱，状如精致酒杯，也像小小灯笼，很好看。不过如今，我们对于栀子花的审美，已经从果实转移到花朵，甚至很多人觉得诧异：啊，栀子花也能结果？

栀子是一味传统中药。有一个药方叫栀子豉汤：用栀子若干枚，搭配焙香的豆豉，熬煮成汁，专治虚烦不寐。我曾经尝试栀子泡茶，微苦，药味很轻，而且不寒，可服用一个夏天。自然真是伟大的缔造者，炎夏时节，人容易心烦气虚，这时结出的栀子正好祛除燥热、镇定心神，帮助人清凉度夏。

栀子花的名字很古典。"栀"字容易被写错，我以前当教师时，为了提醒学生，曾经专门在黑板上写过大字"栀"。栀子在古代还有一种写法——"卮子","卮"同"厄",因为果实像商周时代的酒器"卮",古人就顺势叫它"栀子"。多么美妙的名字，青铜的卮，玉石的卮，闪烁着五千年文明的幽光，它们与栀子花香互相叠合，顿时生命的质感和气韵就来了。

秦汉以前，栀子是应用广泛的天然染料，它含有番红花色素苷基，可以将布料染黄。据说马王堆出土的黄色织物，就是采用栀子染色。想象先民培育栀子林，夏秋采摘栀子，敲碎、浸泡，熬煮成汤汁，再投入丝绸或布匹，染出纯天然的明黄，那些漂洗晒干的袍、襜褕、襦、裙，一定还残留着栀子的气息和味道吧。如此一想，我眼前便浮现出一个带着植物清香的女子，一袭淡黄衣裙，行走时香风习习，坐下时嫣然百媚。

从尊贵的酒具到黄色的御服，到穿越千年依然洁净芳香的花朵，栀子花让人联想到无数美好的事情。我相信，它是上天赐予人类的恩物。喜悦、坚强、永恒的爱、一生的守候，这样动人的花语，已经将它的内心祖露无遗。

夏日黄昏，我爱在河边散步，欣赏一路绵延不绝的栀子花。天黑得迟，晚七点过了，西边依然彩霞当空，云霞投影到河里，宽广的河面像撒进了各色颜料，红橙黄绿，如梦如幻。

河边的亲水平台上，几个男女在浓郁花香里练习八段锦，动作舒缓，气定神闲，琴箫合奏的配乐悠扬悦耳。我有时会加入进去，一遍结束就出微汗，感觉气血通畅。真正喜欢八段锦的人，大多是中年以上，也许他们更能感受其中水流一般的导引力。人若能气沉心静，如雁落寒塘，心田上便有花开。我在闭目冥想时，常观想心里有一朵硕大的重瓣栀子花，它一层层打开，徐徐向外扩散芳香。

夜色降临。回家路上，我听到河边的树林里，鸟鸣掀起一天中的第二次高潮。在栀子花香里，在香樟、银杏、蓝花楹的浓荫里，麻雀、斑鸠，当然还有乌鸫，"喳喳""咕咕""啾啾"，为即将告别的一天唱起赞美诗。这一次我听懂了，它们在唱"太阳下山，明早还会升起，今年花谢，明年还会再开"。无常里亦有常，生活永远值得期待。

掐几朵栀子花回家，清水养着，可以香上四五天。花瓣逐渐萎黄，但依然香。舍不得扔，就一直放在床头柜，给梦做一个伴。夜里，靠在床头看书，幽香一旋一扭地，似有若无，似去还留。

栀子花的气息，让我一次次重新回到幼年。那时，跟父母居住在乡下的院子里，初夏墙根绽放的一丛栀子花，白雪纷纷，吐露新鲜蓬勃的香气。我常在清晨摘下几朵，送给老师和同学。年轻的语文老师也喜欢栀子花，她高兴地接过，用针线穿起，悬挂在衣扣上。上课时，一缕淡淡的花香就在教室里飘荡。转眼多年过去，父母年老体衰，曾经青春的老师皱纹密布、两鬓染霜，突然遇见几乎辨认不出。不老的唯有栀子花，它年复一年欢乐地盛开，永远天真，散发洁净芳香，像永恒的唐诗。

栀子花是一首五言绝句，它将过往、现实与未来融为一体，有来有去，有生有灭。它提醒着我们，开花有时，凋谢有时，不要幻想地久天长，一切都是刚刚好的当下，值得全心全意欢喜以待。

栀子花是白天的月亮，它让夏风变得恬静。行过诸般苦，在炽热与焦烦中，栀子花是清凉地。赏过栀子花，闻过栀子香，喝过栀子汤，心境如平湖秋月。

睡莲

安仁这朵睡莲是鲜活的。

她说，每天晚上睡莲的花瓣会慢慢合拢，闭上眼睛进入梦乡。次日清晨苏醒，再逐渐展开花瓣，张开小手迎接朝阳。

庄园里的睡莲

　　那么多的人来了，又走了，这株睡莲一直在这里；那么多的日子过了，又来了，这株睡莲还在这里。每年从夏到秋，它一直在开，一朵谢去，另一朵接着开，石缸里一直有它们摇曳的身姿。繁复的紫色花瓣，簇拥着金黄的花蕊，散发着近乎神性的光辉，既生动明艳，却又恍如梦境——太美好的事物往往如此，就像一个飘忽的幻象，似真似假。

　　有人迎面撞见这睡莲，觉得好看，于是停下来，手机相机一阵咔嚓。有人瞟它一眼，跟着导游脚步匆匆去了，也许相比之下，更吸引眼球的是庄园建筑，以及珍品馆的宝贝，那些玉雕牙雕紫檀木座椅，当然更昂贵、珍稀。但是，你来或者不来，看或者不看，睡莲是不以为意的，它兀自开着，独自芬芳。

　　阳光打在水面，泛起紫色的涟漪。漂浮在水面的莲叶，或圆形或卵形，随意闲淡，有点懒洋洋的意味，似乎在做梦。不知道它们梦见了什么，是梦回唐朝，唐武德三年（620），安仁建县，"仁者安仁"从此奠定安仁的人文底色；还是梦回民国，风云变幻的20世纪三四十年代，各路人马在安仁粉墨登场，有达官显贵也有地主甚至强盗，形形色色？一切都已过去，所有的繁华不过是一场旧梦。古镇的秘密被岁月收藏，谁知道呢，说不定，就藏在哪朵睡莲的心里。

秋日午后，我伫立在庄园里的石缸前，看花，发呆。一朵紫色睡莲贴着水面开放，姿容清雅，倒影与花朵相互依傍。它沉默，不发一言，仿佛在安静地冥想。没有"不胜凉风的娇羞"，也没有"出淤泥而不染"的孤高。看久了，我觉得它好像在笑，是微笑，一抿嘴，酒窝就荡漾出来了，一圈圈涟漪就扩散开去。

石缸很旧，缸壁长满青苔。中间的假山上，是谁种下吊兰，长得好茂盛，快要把山石罩住，开出一长串细小的白花。还有虎耳草，茸茸的、翠翠的，开出的花也是细碎的小白花，像沈从文《边城》里的梦。有一次，我在这里看见了一只巨大的白蝴蝶，不知从哪里飞来的，它落脚于虎耳草上，流连一番，扇扇翅膀又飞走了，也不知要飞到哪里去。其实庄园也像这只大蝴蝶，停留在时光的折痕里，既是现实的，也是超现实的。

在安仁，睡莲是屡见不鲜的植物。好多公馆的天井里都放着石缸，一来作储水之用，紧急情况下可用于灭火；二来，人们相信水能生财，据说院里有水会带来好运势。于是，在石缸里养睡莲便成为习惯，黄紫蓝白，各种颜色都有。

睡莲真的会睡觉吗？我问在庄园里工作的朋友。"当然，"她说，"每天晚上睡莲的花瓣会慢慢合拢，闭上眼睛进入梦乡。次日清晨苏醒，再逐渐展开花瓣，张开小手迎接朝阳。就像人踩着昼夜节律，日出而作，日落而息，在一天天的生物钟里慢慢长大老去。这是自然之道。"由此看来，睡莲可谓得道的植物，不开花时，它懂得在孤寂中积蓄力量，开花时，也能在黑夜和白昼之间收放自如。

安仁也是时光里的一朵睡莲，它有自己的节奏和呼吸频率，不疾不徐，张弛有度。

安仁之美，美在有定静和稳重感。不足三百米的树人街，隐藏着十来座公馆。吱呀一声，推开公馆厚重的黑漆大门，绕过雕花照壁，走过封火墙相隔的甬道，竟仿佛一脚踏入另一个世界。院里是从前的桂花、香樟、紫薇、柚子树，如今依然葱茏。庭院深深深几许，举目四望，分明是青砖灰瓦的川西四合院，却处处可见巴洛克风格的繁复装饰，教堂风味的彩色玻璃、木结构的花窗混搭，并无违和。天井的石缸里，两三茎睡莲伸出水面，或粉红娇艳，或洁白里点染着淡黄，清秀绝尘，似乎刚从《诗经》里走出来。

安仁这朵睡莲是鲜活的。古镇并不大，开车的话，兜一圈不到半小时。但若要细细寻古探幽，真正触摸到古镇的脉搏，需要缓慢的时间、悠闲的脚步。走在青石板铺就的老街，街边有位老太太在卖自己纳的鞋垫，全是一针一线做出来的，图案简单优美。她扯给我看，纳得结结实实的："你自己看嘛，垫底纳得好不好，垫过你才晓得，吸汗，舒服得很。"几个游人围着小摊看，还有人在拍照，对这充满乡土气息的手艺称赞不已。旁边是一家小餐馆，老板娘站在门口热情招呼："进来吃饭嘛，石磨豆花，肥肠血旺，还有刚蒸好的地主排骨。"

朋友说，安仁最美的时候是晨昏，就像一朵睡莲刚要打开和即将闭合的时候，最为楚楚动人。晨光熹微，在清润的空气中，最先开始忙碌的是面馆、茶馆。"一碗蛋醪糟！""笋子面一两，红汤！""素毛峰一杯！"晨雾里，吆喝声打破了古镇的静谧，活色生香的一天又拉开了帷幕。夜色朦胧，老街上的店铺陆续打烊，一间间连排木板铺面门纷纷关上，红灯笼次第亮起，虫子开始在墙角低吟，家家户户饭菜的香气飘散在夜空里。就在这时，你抬起头，月亮挂在天空，皎洁如银，跟几百几千年前别无二致。

在安仁，老建筑与周围的林木花草、居民生活完全融为一体，就像竹笋从山林里长出，就像睡莲从水面浮出，一切都自然而然、和谐圆融。好的建筑是会呼吸的，它会与建筑内部和外围的植物生长在一起，它们相濡以沫。我想，假如安仁古镇缺失周围广袤的油菜花、稻田，以及庄园里繁茂的柚子、桂花、紫薇、睡莲，它一定会变得陌生和异样，也不能再叫安仁了。

安仁古镇，一株安静的睡莲，生长在岁月的河流里，在四季轮回里，一呼一吸，生生不息。

热得离谱的天气，终于在处暑以后迎来拐点。几场秋雨过后，凉飕飕的风一吹，肉身的疲乏连同精神的颓唐一起消失。与此同时，植物们也抖擞着一下活过来了。白露前夕，风里传来幽微的香气，*丝丝缕缕*，清甜沁心，鼻子尖的人率先嚷道：呀，桂花开啦！

中秋节，桂花的开放达到高峰。在成都安仁的刘元瑄公馆内，一棵百年"金桂王"开得极其繁盛，高举一身的阳光，孕育的清凉荫蔽整个天井，在重叠交错的大片浓绿之间，枝头一簇簇的金黄桂花，发出玉润的光芒，如同一串串过节的鞭炮，嘭嘭嘭，在空气里不断释放浓香。我抬头仰望良久。绚丽如此，璀璨如此，令人眩晕。

风吹草木动，桂花在悠悠飘翔，落到小青瓦屋面，飞进老旧的窗棂里，掉到青石板地上，嵌进长满青苔的石缝里……点点金黄，仿若繁星璀璨，无法描述，美就是这样让人失语。

这棵桂花，是我的记忆宝藏。从前在安仁工作，每年中秋，我们都要在这棵树下喝一次茶。桂花雨飘到衣襟上，织就一件梦

162

桂花

的衣裳；掉到茶碗里，茶香桂香层叠缭绕；落到切成几瓣的五仁月饼里，滋味更丰富。就这么看花、吃茶，脑子里几乎荒芜，也不知道该想啥了。

桂香最浓的时候，往往是晴天。在辉煌又柔和的秋阳中，花香荡漾，一波又一波。万花怒绽，一树树金子，人的嗅觉整天被桂香牵引，走到哪里，都像一叶小舟，在汪洋大海里漂浮。再加上吹来吹去的风，裙裾飘荡，人心也变得柔软，生出对人世间的缱绻之情。

喜欢桂花这样有香气的花朵，对那种形状虽然很美但没有香气的花兴趣不大。就像没有依托的灵魂，容颜和衣裳再漂亮又有何用，鲜艳的色彩只是一时的浮华，显得浅薄而短暂。

桂花是芳香的季节馈赠，也是甜蜜而温馨的隐喻。蟾宫折桂、兰薰桂馥……桂花为汉语制造的语境，折射着人们对繁华富贵的憧憬。过去的大户人家，都喜欢在庭院里栽种此树。古镇的老公馆便是如此，重门深锁，深宅大院里种下的都是有寓意的树，比如柚子（护佑子孙）、紫薇（紫微高照）、石榴（多子多福），桂花树尤多，金桂、银桂、丹桂都有，它们寄托着主人对富贵人生的向往。刘文辉公馆里有一棵嫁接的老桂树，半树金桂，半树丹桂。庭院里还有几棵紫薇，每逢落花时节，树下一片斑斓，满地的紫红、金黄、银白花瓣，仿佛一层彩雪。

不过事实上，桂花并无偏颇之心，它们开在豪门府邸，也开在街头巷尾，或者寻常人家的房前屋后。不论是在城市，还是乡村，花期一到，无不盛开，无不壮观。

相比桂花，我更喜欢它的另一个名字——木樨，朴素、真诚而又古典，就像木槿、木兰、木莲……这些带木字的树名，启唇念出的那一刻，仿佛有一股细小的香气溢出，容易让人产生温暖的联想，譬如从木樨到木樨肉。木樨肉是很家常的一道菜，配料不过是鸡蛋、黑木耳、黄瓜等，以及姜丝葱片，炒出来颜色悦目，吃起来脆嫩鲜爽。不过，得用土鸡蛋，其色金黄灿烂，喷香可口，才能让人联想起桂花的金蕊。

农历八月是桂月。古人风雅，以花命名月份，譬如桃月、荷月、桂月……我是生在桂月的人，随着年龄增长，越发喜欢黄色。在色彩谱系里，最明亮的是黄色，那些旋流在桂花、向日葵上的色泽，也是最勇敢的颜色。它在凡·高的画布上倾泻，仿佛在说，日光下的花朵，火焰的中心是毫无保留的激情和燃烧。

今年生日依然遇到桂花，我穿上一件黄裙与之相呼应，但愿同气相求。站在桂花树下，朋友为我拍下几张照片，喜欢其中一张背影，清瘦，有力量。期望一种明亮、有香气的人生状态，自我信任，像桂花一样，按照自己的命运活着。

连生日蛋糕上也要撒几朵桂花，家人嘲笑，说我简直不可救药。我说，干脆就叫我杨桂花吧。莫要撇嘴，看似土气的名字，实则大雅，岂不闻宋之问的诗句"桂子月中落，天香云外飘"，桂香乃天外来客。来自天庭的花朵和芳香，一年一度，带给人间多少温情暖意。苇岸说，只要有树，证明上天对人类还没有失去信心。我说，只要有桂花树，人类就能享有荣光。无法想象，假如中秋节没有桂花，这个节日还有什么意思？

有什么花能如桂花甜美芳馥？李渔在《闲情偶寄》中赞美桂花树，说："秋花之香者，莫能如桂。"同时又叹息："但其缺陷处，则在满树齐开，不留余地。"桂花不肯次第开，一场风雨便会零落于地，既如此，不如摘而食之。于是，年年桂花开，有人在树下赏花，有人开始忙碌劳作。做茶人掐好时间，采摘半开的桂花，说是这样的花朵芳香物质最丰富，做出的桂花茶才香气浓厚，经久耐泡。桂花用来窨制红茶、乌龙，无不绝妙。等不及窨制和烘焙的话，也可以直接摘下入茶。

我家楼下两棵桂花，同时栽下的，高度和树形都差不多，奇怪的是，总是今年这棵开得好，明年另一棵开得好。从开花的第一日起，我就每天早晨去树下，踮起脚摘一把桂花泡茶。龙井、普洱、红茶，都一一试过，我发现，最好是跟雪片单枞一起泡。沸水冲之，沏出的茶汤杏黄明亮，嗅闻起来两香融会，极为舒适，而且香味仿佛生出翅膀，长驱直入，深入喉咙，直抵肺腑。几盏茶汤喝下去，吐气都有桂香。

朋友正在自学中医，她说，桂香具有行气之功，桂花能助人打通经络。桂花茶可以醒脑，原来是真的。

爱酒之人也忙开了，摘来新鲜桂花，丹桂最好，红色花瓣投入高度白酒中，加冰糖，密封贮存，几日后便浸出红晕，仿佛酒后飞上脸颊的红霞。等到隆冬，晚来天欲雪，启封品饮，浓醇芳冽的桂花酒，让人痛饮而迷醉，不知今夕何夕。

做餐食的人也在忙着采花，腌渍糖桂花。安仁古镇的醪糟令人叫绝，究其原因，便是出锅时撒的那一撮桂花。一碗香气四溢的红糖蛋醪糟，点点碎金漂浮，馋意袭人，忍不住轻呷一口，浮生如梦心自醉，仿佛天上人间。

这一碗桂花醪糟，弥漫着香气，充盈有乡愁，我百吃不厌，即使夏日炎炎，亦能胃口大开。我给它取名叫"宋词金镶玉"，"宋词"指的是口感婉约柔和，而金黄的桂花裹在珍珠般的醪糟粉子之间，与金镶玉倒真有些形态上的相似。当然，也有我的浪漫情怀。不过，憨厚的老板并没有接受我的建议，店招上还是老实巴交的几个字：红糖醪糟。

见闻香堂的堂主在搜集桂花，准备制作线香。去年买过他的"月露桂花香"，干桂花磨成粉末，加入老山檀、沉香若干配伍。点燃之后，香得端正典雅，予人温暖，让人沉静。

蓉妹发来照片，她正在屋后的树林里采花，每年都要做几瓶桂花蜜，自己吃，也赠送亲友。试想，雾浓霜重的早晨，温水冲开一杯桂花蜜，香甜绝伦，美美地喝下肚去，瞬间启动形而上的愉悦。更别说桂花性温，还能暖胃，冬季怕冷的人群，有桂花蜜就不怕了。

学医的朋友说，桂花还能散寒破结、止咳化痰，可谓"百药之长"。我决定今年也要做两瓶，带回给老父。他是老慢支加肺气肿，每入冬，稍一受凉便咳嗽不已。我住在老家时，夜里听得他接连不断咳嗽，心里煎熬。想起宋代诗人释云贲的偈句："维摩病，说尽道理。龙翔病，咳嗽不已……咳嗽不已，说尽道理。说尽道理，咳嗽不已……"人生之苦，映现在这来回的煎熬里。

行孝须及时啊，只怕子欲养而亲不待，就像花开堪采直须采，莫待花落空叹息。

桂花带来清秋滋味，这份明艳与芳香，一年年重温，积累起来的丰盛，便也是人生的行囊。老子曰，君子终日行不离辎重。有所负荷的生命，才是扎扎实实的活着。

桂花的香是有重量的。

芙蓉的隐喻

　　国庆节前后，阳光洒满大地，蓉城进入一年中最旖旎的金秋。

　　金秋的蓉城不是节令的符号，而是城市的魂归故里——因为芙蓉花。如果说此时的成都是一位佳人，那么，芙蓉花就是她身上的缨珞垂旒。碧叶满树，繁花似锦，朵朵花形饱满，花瓣柔如丝绸，在鲜妍中烘托出现世安稳。盛妆是为了盛典，谁叫成都是蓉城呢？芙蓉是蓉城的精气神，芙蓉归来该不该庆？

　　一个城市是一部大书，需要多种叙述，芙蓉除了用"本名"讲述，还用了许多"笔名"，比如木芙蓉、拒霜花、木莲、地芙蓉、华木。不知道是不是占了灌木或者小乔木的跨界之宜，一下拓展了生命的叙事空间，于是，芙蓉有了些张扬，在九月初绽，一直延续到晚秋，仍不肯谢了秋红，还落得一个拒霜花的英名。

　　成都的芙蓉品种繁多，白芙蓉清新，红芙蓉浪漫，金芙蓉高贵，鸳鸯芙蓉白红映照，娇俏双栖。在我看来，最迷人的是醉芙蓉。早晨洁白胜雪，中午渐变为粉色，太阳落山时变成酡红，好像从清醒到喝醉酒的脸颊一样，在早秋的风中，和树影、花香一起编织着梦境，把人的注意力溶解，轻轻送往一个似醉非醉的地界。

成都注定与芙蓉有缘。穿越历史尘烟，成都的每一个角落，在诗意的眼光下，无不焕发出芙蓉清韵，从"四十里城花作郭，芙蓉围绕几千株"，到"抱城十里绿阴长，半种芙蓉半种桑"，都在描述流淌着芙蓉花香的成都。

谈起芙蓉与成都的故事，要追溯到两千多年前了。早在张仪建城为都的战国时期，就留下了"龟画芙蓉"的传说。据说在成都初建城时，地基不稳，屡建屡塌，后来有一神龟，勾画出一座城池的图案，人们依此筑城，"一年成聚，两年成邑，三年成都"，蓉城乃由此而生。那神龟指引的路线，呈现出的正是一朵鲜明生动的芙蓉花。在我看来，这不仅是成都的前世今生，更是成都与芙蓉的天定宿命。

芙蓉花姿容既好，神情亦佳，自然让人想起蜀地女子的美。"九天开出一成都，万户千门入画图。"在偌大的中华版图上，成都是唯一建城2300多年来未迁移过城址、未更改过名称的城市。因有芙蓉，这里不缺春色；因有李冰父子，这里"水旱从人，不知饥馑"。得天独厚的资源、温润的盆地气候，滋养出无数芙蓉花一样的美女，花蕊夫人便是其中之一。与其说后蜀皇帝孟昶有眼光，不如说花蕊夫人生于成都，长于成都，得了芙蓉之气，长得娇美如花，且才情具足，为时人称许，孟昶只是占了帝王之先。或者说，是芙蓉为媒。有人说这是一个传说，我认为是记事：一年秋，花蕊夫人发现郊野的芙蓉花，丛丛簇簇怒放于凛风里，恍如斑斓云锦，便醉入花丛，流连忘归。孟昶得知，岂能让美人为孤芳流连郊野，为博得爱妃欢心，他颁发诏令，于是成都"城头尽种芙蓉，秋间盛开，蔚若锦绣"。自此，成都成了"芙蓉城"。

孟蜀亡国后，花蕊夫人被掳入宋。宋太祖久闻其诗名，宣召她作诗，花蕊夫人吟出《述国亡诗》："君王城上竖降旗，妾在深宫那得知？十四万人齐解甲，更无一个是男儿！"诗风激越，胆气逼人。后人景仰花蕊夫人的气魄，尊其为"芙蓉花神"。于是，花蕊夫人成全了成都，成都也成全了花蕊夫人。这便是蓉城人心目中真正的美人，绝不仅因为颜值，更因为才华与气节。

芙蓉花开，鲜明照眼，仿佛在说，真正的美来自内心的力量。在成都，芙蓉文化如它绵延的花期、轮回的生命一样，成为一座城市的基因和密码。

时间到了唐朝中期。成都浣花溪边有许多造纸作坊，能制出精美的笺纸。才女薛涛却嫌还不够美丽，亲自跑到造纸作坊设计纸样，并督导工匠，用浣花溪的水、木芙蓉的皮、芙蓉花的汁，制成色彩绚烂的薛涛笺。墨痕点染，"不结同心人，空结同心草"，落在精致粉笺上的诗句，如此多情。

不能不说是蓉城的熏染，让薛涛成为又一个时代的蓉城符号。读薛涛的诗，感觉香艳绝伦，容易让人误会，以为她不过是温室里的花朵。其实，才华非凡的她，父亲早逝，家道中落，为了筹钱给母亲治病，她不得不沦入乐籍，成为一名艺伎。韦皋在成都担任西川节度使时认识了薛涛，发现她大方从容，且能帮助整理公文，丝毫不错，大为赏识，遂向朝廷奏请，请授薛涛秘书省校书郎官衔。朝廷虽未应允，但薛涛从此名扬天下。

晚年的薛涛，结束与元稹的多年情爱牵缠，换一身道袍，心境平和，归于自然山水，终于活出了自我的丰富润泽。人生，终究是一个人的道路，重要的是自己如何生活，所谓道，其实在自己心里。就像芙蓉花，既然选择了这座城市，选择了成都，就笃定坚守，坚守成这个城市的血脉。无论古今，有多少人遭受困苦？又有谁真正靠别人超脱？想要实现自由，最终需要依靠与自我的连接，不管境遇如何，以不变应万变，一个内核稳定的人才不会孤独和迷失。以这样的心情再看芙蓉花，透过满树旖旎，我似乎读到隐喻。芙蓉花外显的是美和艳，但其背后的艰辛和坚持，谁能说清呢？

也许，每一个成都女子的心里，都盛开着一朵芙蓉花。

关于芙蓉，更有意思的隐喻来自清代《广群芳谱》。书中对芙蓉大加赞赏："清姿雅质，独殿群芳；秋江寂寞，不怨东风，可称俟（sì）命之君子矣。"芙蓉花开得比菊花更晚，花期更长，在霜风中开得美艳，它笑傲江湖，既有绝代佳人的艳美丰韵，更有清高、孤傲、遗世独立的隐士之风和君子气质。以俟命君子称呼芙蓉花，足见人们对它的热爱之深。

"君子居易以俟命。"《礼记·中庸》里说，当君子潜龙在渊的时候，他会默默积蓄能量，等待天命的降临。俟命君子芙蓉花，一语道破芙蓉与成都的秘密关系。这开在秋天的花，一直等到众芳凋萎，它才粲然微笑，与成都人的从容笃定如此合辙。有人说，成都人的淡定可谓全球第一，兵来将挡水来土掩，哪怕天大的事情，就两个词——要慌，不虚。方言里折射出成都人的文化性格——进退自如，浮沉自安。这是否与芙蓉有关，我想应该是有的。

在蜀地，还有什么花比芙蓉更具象征意义？可以说，芙蓉成就了"蓉城"，这美艳之花奠定成都特有的生活底色、人文气质，让花与城与人融为一体。

芙蓉与成都，彼此都找到了知己。大量的种植，让芙蓉花从主城区绵延至每个郊县，让每一个秋天都花事浩荡，让城市飘荡在芙蓉的清芬里，让成都人心有所归，心有所属。

十月的风送来凉爽。行走在芙蓉花树下，各种深浅浓淡闯入眼帘，让人心旌摇荡。一瞬间，仿佛有时光隧道连通古代成都。我站在人潮涌动、灯火辉煌的大街，忽然一脚跨到千年前的浣花溪畔，流水悠悠，月色溶溶，花香迷离，那一刻，我恍惚了——在一个唐代的秋天，一个女子云髻高挽，宽袖长裙，佩环叮当，一路青葱地走过。路边芙蓉花暗香浮动，她停下来，伸手摘下一朵，低头深嗅这绵延千年的芬芳。那女子是谁呢？我不知道。就像我同样不知，是芙蓉选择了成都，还是成都选择了芙蓉。

芙蓉花开如海，花海如镜，倒映出世事、人心、人性和人情。芙蓉花在成都铺开华章，并吸纳千年天府人文精华，成为成都植物文化的渊薮。

盼望又一个秋，在霜雪快来的时候，心花与芙蓉一起绽放。

菊花

人生有菊意

寒露过，菊花开。

花草市场摆满菊花，都是培育的品种，有肥硕的复瓣，黄紫白绿，端丽里有一些清寂、贞静，是不为人道的冷艳。到底是菊，终究是与其他花卉不一样。

看了半天，最终搬回一盆墨菊。说是墨，其实是颜色深的意思，花色赭红，艳而不俗。我将它置于阳台花架，于是，晨昏之际，盘桓花前，或品茗把盏，或吟哦辞章，不免生出几许雅兴，牵惹出缕缕诗情，正所谓："掬水月在手，弄香花满衣。"

想起曾经在山里采菊。那是野菊花，每年深秋，漫山遍野都是，一丛丛金色的花朵，满天星辰一样闪烁着。它们花瓣瘦小，像营养不良的孩子，但生命力又是那么顽强，可谓瘦而不弱，即便在悬崖上、贫瘠的路边，依然努力扎根，开成丛丛簇簇的海洋。花朵繁密，烂漫如金，在风中飘摇，传送着浓郁的带着苦涩的芳香。

住在山里的那几年，当时觉得清苦，各种不方便，恨不得逃离，如今隔着二三十年的时光回望，却倍感幸运。也许余生我还会回去，与山林相伴，草木馨香，鸟鸣在耳，重新认识山河故人，直至白发苍苍。最记得那些年的秋天，只要野菊花开，我们就会提着竹篮出发，沿着绿意漫漶的山路，一路走，一路摘。在有些寒凉的薄雾里，鸟声不时从林中飞出，却不知所踪。山里的鸟鸣真是悠扬婉转，有着秋水一样的韵律和波光，一听就知道它们享受着太多自由闲适的时光。

采摘的野菊花很快装满篮子。摘过花的手指，被野菊花的汁液染得乌黑，但是，香得不忍去洗。接下来的日子，把野菊花铺开在竹筛里，趁天晴端出去，晒干。有一年，我给女儿装了一个小小的菊花枕头，幽香入梦，她夜夜睡得沉实。也曾将采来晒干的野菊拿来泡茶，汤色澄澈，浅黄芳香，悠长深邃的微苦，像一个古代书生映在寒窗下的背影。煮米粥时，顺手丢几朵菊花，清香可口，还可以清肝明目。

对野菊花印象太深，我一直以为菊花是瘦的。但后来在成都人民公园的菊展上，一次性见到那么多菊花，数千种，十余万盆，千姿百态、鲜丽堂皇，以往认识被颠覆，我这才真正领略什么叫争奇斗艳。红的似火，粉的像霞，白的欺雪，紫的妖艳……与野菊花相比，它们一点也不瘦，复瓣、重瓣，繁复多姿，肥硕丰腴。

瑶台玉凤，大如圆球，层层白色花瓣围绕着黄色花心，像瑶台仙女下凡；绿水秋波，花如其名，轻灵优美，花瓣厚度从内而外逐次降低，波意荡漾；波斯菊，像刚烫过发的异域女子，风情在那一绺绺的弯曲里；白牡丹，洁白中泛着些微淡绿，比雪更耀眼，是寒冷季节值得抒情的燃点；玉翎管，花瓣纤细，菊心有淡黄色点染，分明是孔雀的尾翎……旁边的展板上还有菊花的科普知识。我一路看过去，颇长见识。

值得称奇的是菊花打造出的人工景观，有森林童话小屋、栩栩如生的动物造型，为公园增添情趣。秋雨过后，空气如洗过一样，清风拂来，带来晚桂的阵阵甜香。湖边两棵歪脖老树在秋风中傲立，树叶干枯，沧桑满目，设计师却在树下布展几百盆菊花，它们青春焕发，与老树相映，构成一个循环的无常世界。这很耐人寻味，仿佛有意让人在观照中修炼心性。

菊似海、人如潮，市民们跟菊花合影，人来人往。朋友帮我拍了一张，我穿着宽松的白毛衣，蹲在菊花前，笑得很安静，我自己看了也喜欢。是的，无论菊展如何盛况空前，无论菊花如何把城市渲染，无论它被培育得如何华美，它总是有一种静气，始终不改一颗隐逸之心。这来自遗传密码里的讯息，传递给看花人，让人心生涟漪。即便被世俗和生活折磨得千疮百孔，看到菊花，涌起莫名的恍惚和神往，那一刻，身在闹市红尘，依然可以悠然见南山。

在成都人眼里，赏菊是每年不可或缺的文化活动。菊展承载了老成都人的记忆。菊花让成都这座城市既有浓厚的人间烟火气息，又时时处处有淡泊悠闲的氛围。无论是情趣高雅的文人墨客，还是茶馆里安享晚年的普通老人，无论是电脑桌上的一杯菊花茶，还是厨房砂锅里沸腾的菊花粥，菊花早与成都人结下深深情缘。

菊的气质，无疑与这座城市的气场是契合的。人们年年种菊、赏菊，在菊花的清香中度过恬淡人生。菊花除了药用、食用，更多的是带给人们审美的享受。曾在成都筑草堂定居的杜甫先生，一向忧国忧民，然而在《云安九日》中，诗人却一反常态，笔调轻松地写道："寒花开已尽，菊蕊独盈枝。旧摘人频异，轻香酒暂随。"看到菊花傲霜而开，心中喜悦，再阴郁的天空都会晴朗一时，花香酒香，人间美事。

采菊东篱下，把盏黄昏后，心有安处，才是去处。天冷了，菊开了，且饮一杯菊花茶，细细品咂，至味在里头。空旷的原野已经为冬天的到来铺平道路。人生若是有了菊意，便无所畏惧。

暗香点点亮

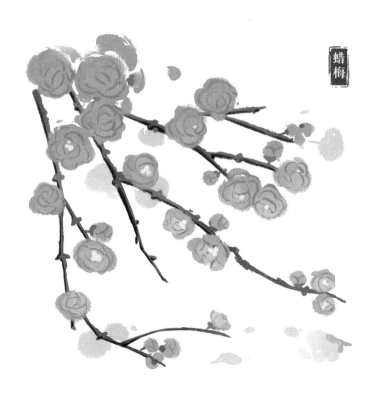

蜡梅

睡意走失的夜晚，我并不焦烦，也不会寂寞，因为身边有蜡梅，暗香点点，亮若星辰。

今天去乡下亲戚家，带回几枝蜡梅。他家门口好大一丛蜡梅树，年年冬天被我惦记。亲戚很大方，挑选花骨朵密实的，给我砍下几大枝。扛到汽车前，枝干太长，后备箱没法放，于是将它们倾斜安顿于后排。我一路小心开车，生怕花骨朵被碰掉。饶是如此，拿上楼来还是掉落一些蓓蕾，粒粒金黄，看着心疼。

此刻，客厅的灯光下，几枝蜡梅站在屋角的陶罐里，高瘦清俊，疏影横斜，映在素色的壁纸上，像古代书生的一帧剪影。蜡质的蜜黄花朵，有的已完全绽开，巧笑嫣然，又像一个个微型酒杯，盛满浓郁的香气和情意。有的攒紧小拳头，素心紧裹，坚硬结实，我知道它们最终都会全部开放。

梅香是冷的，深彻清凛，让人下意识地深呼吸，却更加清醒，睡意全无。不想睡，就索性泡茶喝吧。蜡梅树下，宜喝茶、读诗。

这干的枯的枝条突然花朵点亮

仿佛灵魂摸索着又回到逝者的身上

这句诗是诗人莫非写的，耐人咀嚼，有一种突破生死的意味。他曾经拍下很多蜡梅的照片，为它们写诗，他说，"远处的是明月，近处的是蜡梅"，他还说，"暗香点点亮。花如月，月如水"。

我与莫非先生有过几次相聚。记得他尤爱冬日雪后残荷，至于究竟为什么，他说自己也未曾细想。或许是因为干净寥落，没有任何纷扰，也没有任何遮蔽，就像世界最初的模样。我说，就像蜡梅，即便干枯也是好看的，枯萎的花朵站立在枝头，沉默和寂静凸显出来，不多什么，也不少什么。世间所有的美好都是如此，你经历过它的丰盛，再阅读过它的衰败，其中意味万千。

年年赏蜡梅，花相似，人不同，不同之处在于身，也在于心。尤其近年，明显感觉身体在逐渐老去，心境也在不断转变，譬如，看到一枝蜡梅花，感受到它的力量，接收到它的情意，越加懂得珍惜。这是心的成长。

蜡梅开花的时候，总是有薄薄的阳光。银杏、水杉、泡桐的树叶彻底落尽，阳光穿过枝丫，在地上描摹出抽象派的画作。空气清冽，正是暖融融的冬日美景。心境平和的时候，世界会在心里呈现端庄的美。

蜡梅还是腊梅，我原先分辨不清，后来读到范成大的《范村梅谱》："蜡梅本非梅类，以其与梅同时，香又相近，色酷似蜜脾，故名蜡梅。"黄庭坚写过多首蜡梅诗，说它"香气似梅……类女功撚蜡所成"。可见"蜡梅"方为真名。我在植物园的铭牌上看见，"蜡梅，蜡梅科、蜡梅属"，心里不禁为它点赞。在植物王国里，它自成一科，独立于庞大的植物谱系中。世上的梅花多种多样，红梅、白梅、绿萼梅……它们都是蔷薇科的姐妹，只有蜡梅特立独行，它与梅花非亲非故，只是沾了一个"梅"字。

蜡梅是四川人的福祉。温暖的盆地气候，特别适合它们生长。小寒过后，街头常遇农民拉着蜡梅，一路走一路卖。三轮车的车厢里固定着一圈粗大的楠竹筒，折下的粗细梅枝，分别捆成小把插于筒里，一路前行，一路花香。我总是羡慕那个卖花人。

花草市场也总有蜡梅卖。上周去市场，见一位种花老者，头发皆白，气定神闲，容颜干净，照料一些姿态优雅的盆景，有蜡梅，也有罗汉松和金弹子。盆景也像它们的主人，造型古朴，很生动。果然如此，什么样的人，种出什么样的东西来。我看中一盆老桩蜡梅，枝干粗壮，虬曲苍劲，枝干上顶出许多花苞，有几朵已经率先绽放，正是素心蜡梅，纯黄色，香气袭人。我买下盆景，又买了几枝零售的蜡梅，欣欣然搬上车。

因为要买茶叶，便顺道给陈姐的茶室送去几枝。她欣喜地接过，找出花瓶，养在清水中，茶室立时生动许多。缕缕梅香，点点澄澈金黄，为冬日的孤寂带来生气，仿佛时间也变得有香气。

为了与梅香映衬，她拿出去年的水仙单枞，这是乌龙茶里以香味见长的茶叶，香高韵远，茶汤橙黄明亮，香气如诗。她专心泡茶，从我座位的方向看过去，刚好有一朵梅花倒映在公道杯里，仿佛临水照花，古意幽幽。

盈盈一水间，我们相对而坐，饮着茶，有一搭没一搭地闲聊。"真快，蜡梅一开，转眼就岁末了！""是呀，一想起就让人惶恐。"一年时光又将尽，两手空空，我们能握住些什么呢？

岁月虚掷，使人怅然。

我们一时无言，看着梅花发呆。茶室里没有开空调，有点冷，窗外是冬日的萧瑟，铅灰色的天空下，几棵银杏已经落光叶子，寂寞地站在路边。我记得它们的璀璨金叶，在蓝得清正的天空里一片浩荡。

盆地一入冬，总是阴天居多，难怪有蜀犬吠日的典故。还好有蜡梅，这冬天的一轮轮小太阳，照耀我们的小日子。北方的朋友很羡慕成都人，每年岁末可以欣赏到盛开的蜡梅。在芬芳扑鼻的蜡梅面前，他们文思涌动，都说要写点诗文。

梅花凌寒而开，成为传统语境中的象征和隐喻。清人全祖望写过《梅花岭记》，刻画一代名将史可法生命终止前的瞬间。我想象，那满坡遍岭的梅花应该是蜡梅。只有蜡梅才开在冬天的最深处，它们沉浸在凛冽的寒气里，是春天最初的消息。蜡梅开尽便是春节，那时，无论城市还是乡野，红梅开始登场，一树树喜气洋洋。

蜡梅冷而孤傲，香得无与伦比。这是其他梅花没法相比的。

茶烟袅袅中，我又闻到蜡梅的幽香，清新淡远。我知道，这样的时刻珍贵稀少，并且在逐渐地失去。是日已过，如少水鱼，就像从湖泊里掬起一捧水，注定要从指间漏空。在这个世界上，我们唯一能够拥有的，只有恋恋不舍。

"山家除夕无他事，插了梅花便过年。"这是通透的境界，来什么就接受什么。空灵之心发现美，也呈现美。空寂之心发觉道，就活在道中。

辑

四

野草葳蕤

艾草

仁慈的艾草

彼采萧兮，一日不见，如三秋兮！

彼采艾兮，一日不见，如三岁兮！

——《诗经·王风·采葛》

　　凌晨时做了一个清净的梦。大片的绿地，风吹浪涌，山里的一户农家，房间结构很奇特，具体怎么奇特，我也说不清楚，反正从未见过——很长的廊道，外面道路曲折幽深，远方的树林里飞出鸟声。我似乎坐在廊下，坐垫已经微微塌陷，感觉坐了很久。周围静极了，可以呼吸到一种浓厚饱满的气息，那么深，带着药味，有点像菊香或者金银花的气味。有人指给我看，说那些都是艾草。忽然就醒了，哦，艾草！

　　那一大片浩瀚的艾草海洋，我一直忘不了，时间久了，不像是梦境，隐约觉得这是真正经历过的事情。

　　为何会做这样的梦？也许是端午近了，或因为最近每晚睡前都用艾草泡脚。烧得滚沸的水，投入艾草包，黄绿很快洇开，药香四散。每晚泡二三十分钟，身上渗出微汗，经络畅通，仿佛在春天的田野里闲坐一小时，阳光晒得人几乎融化，然后上床倒头便睡，睡得安稳。这样有秩序的沉实日子，是拜艾草所赐。

艾草是为屈子而生，还是为芸芸众生去病除邪？它长在每个中国人必经的路旁。儿时，农历五月，母亲必定会从外面扯些艾草、青蒿等"百百草"回来置于铁锅中，倒上一大桶井水，在柴火的燃烧里，逼出绿色或褐色的汁液。然后倒进大木盆里，让孩子们轮流洗澡，并且用煮软的艾条艾叶擦身。我捞起一片叶子问："这是什么啊？"母亲答："艾草啊，洗了皮肤就不会生疮长癣！"我心想，它的名字好特别。很长一段时间，我一直以为它的名字叫爱草，"慈爱"的"爱"。

浸泡在艾草药汤里，浑身的毛孔都张开，在大口地呼吸，呼吸天地灵气，当然，主要是呼吸缭绕飞扬的艾草之气。洗吧，吸吧，洗净身上的尘埃、荒芜与污垢，洗净身体内的杂质、喧嚣与肮脏，洗出一个青枝绿叶的肉身。

五月洗药澡，是别有意味的仪式，充满祝愿与祈祷。端午期间天气渐热，毒瘴滋生，万千病虫齐聚乡间，农人对抗它们的古老方式，就是用艾草。生于尘土，尘土的事情只能依靠尘土来应付，这些大地上生长的艾草，是农人生活和内心的依靠。

艾草充满神秘的隐语，用它的香气和肢体语言来表达。那古老的碧绿的散发着香气的枝叶，趁着端午的日子，一举从匍匐的旷野跃升至门楣，而且雷打不动。不只母亲这么做，其他农人亦然。端午插艾，已成千百年来不变的民间习俗，一种庄重的民间仪式。不知道是否与屈子有关，但一定与消灾祈福有关。配上雄黄酒，家家洒扫，在家门口插上艾草、青蒿、菖蒲，或者采集艾叶、榴花，制成美丽芬芳的花环和佩饰，妇人佩戴于身，不仅是装饰，更是用以驱瘴。

艾草被先民尊称为"医草"，作用良多，止血，消炎，去痒。女儿刚出生时，脐带因湿水发炎，母亲教我烧点艾叶灰敷上，果真奇迹出现，两日便好。

"彼采萧兮，一日不见，如三秋兮！彼采艾兮，一日不见，如三岁兮！"面前放着一本泛黄的《诗经》，五月，走出来的是《诗经》里的女子，很像邻家妹子。她经常去野地里采萧、采艾，只要一日未见她的身影，另一个人的心就会备受煎熬。相思苦，如苦艾。虽然邻人不是我，但我很想是，那样我便有了一个采艾的邻居，不言相思，无关情爱，我只想跟她去采萧、采艾，然后制作成香包，或熬汤、泡脚、洗澡。后人考证得出，萧是青蒿，艾是艾草，二者同属菊科蒿属，都是香气浓烈的植物。问题是，她采那么多的青蒿和艾草，背回家做什么呢？除了可想而知的日常药用，在我看来，还有可能是作为祭祀之用。上古之人，在高台上用青蒿和艾草燃起青烟，在祛邪的同时，表达对上天的敬意。这跟藏传佛教里的煨桑很相似，是人类同神灵沟通的方式。

相思之爱有它，感恩之情有它，祛邪扶正有它。艾草，是上天赐给人类的灵物，我们的先民早就深谙其中之道。针灸里的"灸"，就是用艾草干叶制成艾绒条，点燃后去熏烤穴位。柔软的艾绒，易燃而不起火焰，香气随烟而起，在看不见的温热中，将升腾的能量灌输经脉，直达病灶。

仁慈的艾草，它就是一轮小小的绿色太阳，帮助我们驱散寒湿。

煮汤喝，需要新鲜艾草。我喝过艾草熬的药汤，那时生活在乡村，每逢头疼脑热，母亲总是煮艾草汤让我喝。太苦了，是纯粹的苦，掉入深渊的苦，让人想到人生的无常，想到世间最深的苦，想到活着的卑微和不易。

苦味多能祛除身体中某种疾患，这似乎是一种生命哲学，和过日子差不多，艰苦的生活，也总能治疗精神上的做作和矫情。今天，许多人就缺这么一味苦药。那些年少的人，在蜜和糖中长大，根本不知苦为何物，但生活迟早会把这碗汤药端到眼前，迫使他们慢慢喝下。我们都是正在喝，或者刚刚喝完这碗药的人。

彼苦艾兮，一日不见，如三岁兮！谢谢你，仁慈的艾草。

扫码听书

远看是一幅水汽淋漓的淡彩画

紫云英

紫云英的倒下，是为了大地的肥沃和稻子的崛起。丰收的稻谷，一派沉甸甸的金黄，风吹稻浪，稻子是否惦念紫云英的好呢？

紫与紫云英

紫云英

192

远看是一幅水汽淋漓的淡彩画，近了看，是绣着细密碎花的一张绿毯。站在田野里，我就有点呆住了，这一张锦绣毯子，若是抬腿坐上去，它会变成飞毯吧，飘飘悠悠，带我们飞离大地。飞到哪里去呢？

问题的关键是，远方的远方，不一定有三月的原野，有这么美的紫云英。

紫云英，名字就很有诗意。它的花也配得上这名字，艳紫、如云、群英荟萃。紫云英是几朵小花聚在一起，像一把小伞，每一朵都很出彩，还要加上空间布局，就很让人惊叹。多年后，我在植物学书上看到，这叫总状花序。

不过，在农民眼里，紫云英并非拿来观赏的。大家都叫它广东苕，是猪饲料和绿肥。冬天往大田里撒几亩草籽，春风吹拂的时候，紫云英就长成汪洋大海，而且割了长，长了割，越割越长，无休无止。这么旺盛的生命力，还有什么农作物能够相比呢？

记忆里，在我很小的时候，还没上小学，曾在一个暮春的黄昏，不知因为什么，单独一个人走到村口。一轮硕大的夕阳就要下沉，天边飘荡着粉紫的晚霞，好看得很，眼前是浩瀚壮阔的紫云英花毯，一直绵延到天与地相接处。那一幕在我小小的心里引起极大震动，我傻愣愣地站在那里，说不出一个字，这大约是意识里对于家园之美第一次的觉醒。印象太深刻，几十年过去，偶尔还会入梦。

对一个尚未启智的懵懂孩子来说，什么是美？美就是那团紫，就是紫云英。多年后，我喜欢上紫色衣服，一直买不停，忽然回头一想，是不是小时候受紫云英的影响过于深刻了？

紫云英还嫩的时候，猪儿们最爱吃。那时农村家庭生活不易，种田只是糊口，要获得一点现钱，只有养猪。父母每年都要养几头猪出栏，喂猪是日复一日的家务活。我记得晚春时，家里靠墙堆着比人还高的紫云英。母亲坐在光线昏暗的灶下，大木盆蹲在脚下，上面搭块横木当作案板，她操起砍刀，耐心地把紫云英一点一点砍成碎末。我问："妈，为啥那么麻烦，直接倒进猪槽不就得了吗？要吃就吃，不吃算了，它饿凶了还能不吃？"母亲就笑了："你这个懒家伙，像你这么办，猪都养成光骨头了。"母亲精心伺候着猪儿们，不仅千瓢食万瓢糠地喂它们，还每日两次跨进猪圈，给它们打扫卫生、洗刷猪槽……最终，猪儿们被喂得油光发亮，然后转化成各种家用，以及我和弟弟的学杂费。

每次喂猪前，她都要烧一大锅开水，把紫云英草煮熟，说是这样猪吃了才不得病。猪得病是很麻烦的，要请兽医，还得花一笔钱，若是死了，更是不小的损失。特别是眼看就要出栏的壮猪，如果死掉一头，全家几天都没有笑容。

我还记得，那时每天早晚各喂一顿猪食。黄昏时，母亲忙得团团转，猪圈里传来嗷嗷的不安分的猪吼，那是猪饿得受不了了。遇到性情暴躁的厉害角色，一边叫着，一边还要拼命地拱猪槽、猪圈，释放着自己的烦躁和不满情绪。有一次，一只猪居然把猪圈门的横梁拱断，从窟窿里钻出来，满院子狂奔撒野，吓得鸡飞狗跳。母亲就呵斥它："挨千刀的，还不快回去！"父亲抓起一根竹制的响刷子，朝猪屁股打，把它驱赶回猪圈。母亲赶紧拎来一大桶猪食，混合着米糠和紫云英的半固体倒进猪槽，它们就头碰头大吃起来，脑袋也跟着抖动，发出阵阵巨响。

不要说那时的猪饿得慌，人也是馋得很，一年到头肉食摄入太少，菜蔬米饭不顶事，总是饿痨饿虾的。村里有人家的猪死了，舍不得丢，就卖给做"马墩儿肉"的。烫皮，切成条，撒上粗盐腌制，再用稻草和松枝熏过，最后投入有各种香料的大锅里，卤得又红又亮。我读小学时，校门外不远处有一条巷子，只要逢场天，那里就会散发出浓郁的肉香，听人说，那巷子里就是专卖"马墩儿肉"的。因为便宜，买的人不少，有人用粗纸包着切成片的卤肉，一边走路，一边拈起一片就往嘴里塞。

但母亲从来不买给我吃，她说，不要吃中毒了。偶尔，家里打个牙祭，总是去市场买一点盖着红戳印的猪肉，那红戳是猪肉经过检验的标志。那些猪，也许都吃过紫云英草吧，肉香浓郁，似乎还有一丝丝清甜鲜美的草汁气息。

散漫生长的紫云英，在田野间度过一整个春天，生命将走向终点。还有重要任务交给它们，那就是刈割回来，晒干，再用机器粉碎，做成竹囤里的干饲料，在天寒地冻、草枯叶黄时，负责给猪儿果腹。

一场春雨接着一场春雨，季节很快走到初夏，该栽秧苗了。剩余的紫云英被铁犁翻过，连根带叶覆入泥水之中，沤为优秀的绿肥，滋养这一季水稻。很快，夜晚的田野里传来青蛙的鸣叫，它们呼朋引伴，在星光下谈情说爱。混合着紫云英的软泥，成为青蛙繁衍后代的温床。

谚云："草子种三年，坏田变好田。"

谚云："草子好，半年稻。"

谚云："花草窖河泥，稻谷胀破皮。"

"草子"与"花草"，说的都是紫云英。紫云英的倒下，是为了大地的肥沃和稻子的崛起。丰收的稻谷，一派沉甸甸的金黄，风吹稻浪，稻子是否惦念紫云英的好呢？即便没有，我想紫云英也不会在乎吧。不言不语，循环更迭，才有了世界的生动万千。

这就是当年的广东苕的命运。童年的我压根儿都不知道，它还有一个绝美的名字，叫紫云英。

写这篇短文时，微信群里刚好有几个朋友在聊紫云英。有人发了一张图，是在常德丹洲大草原上的野生紫云英花海，紫烟烂漫如云霞。还有人说，紫云英是很好的蜜源植物，花期长，赶花人最喜欢。我没有吃过紫云英蜜，不过脑海里有紫云英的画面扎根，可以在想象中打开通道，感受到香气的裙裾在空气里旋舞。

时光如流。如今农村实行机械化耕作，曾经汪洋恣肆的紫云英，如今在田野上已然消失。村里早已无人种植紫云英，偶尔碰到零星几株，不知道是何年何月遗落的种子，自生自灭，代代相传，孤独地像野草一样长着。

我又想起站在紫云英田边的幻想——最美的地方究竟是远方，还是当下？

黄昏的紫茉莉

紫茉莉

夏日黄昏，老家门前一片耀眼的紫红。柔嫩绿叶中繁花一片，它们簇生在枝条顶端，花筒特别长，从幽深里伸出更长的紫色花蕊。它们开得蓬勃热闹，像欢乐的小喇叭，更像是无数的高脚碟，里面盛装的是什么呢？是清风的秘语，是夕阳的余晖，还是妈妈煮好的晚饭香？

　　这种花，我们叫它晚饭花，因为开在傍晚煮饭的时候。当然这仅仅是它的别名之一，它又叫紫茉莉、草茉莉、野丁香、胭脂花、地雷花、粉团花……可以说，它是我见过的名字最多的花儿。

　　人们给身边花草取别名，就像给熟悉的人取外号，向来随心所欲。譬如，它开在晚饭前后，理所当然就叫晚饭花；因为花色鲜艳，花瓣捣碎后的汁液可以给衣服染色，或者拿来涂指甲，所以也叫胭脂花；花谢后，长出一颗颗黑黢黢、硬邦邦的小圆球，上面布满凹凸不平的褶皱，形似地雷，因此有人叫它地雷花。我想，它的名字如此之多，至少可以说明两点：一是分布广泛，二是受人喜爱。

溯源植物的名字，是非常有趣的事，大抵来说，它们或由形态想象而来，或借用器物名称、人名，或因生长环境和特性。比如，野百合那么美，山里人叫它老鸹花，因为它总是开在岩壁。又如，有一种野杜鹃别称羊踯躅，一般猜想，此花一定太美，羊见了也踯躅不前，实际上，陶弘景曰，"羊食其叶，踯躅而死"，原来是毒草。当然，名字只是一个叫法，你下次见到紫茉莉，也可以尝试给它取个名，譬如紫铃铛什么的，反正叫对叫错，它都不会介意，也不会答应，只会一如既往地微笑着，默默无语。

在植物学上，紫茉莉的大名叫"秘鲁的奇迹"。它原产于热带美洲，标本取自秘鲁。我想，最先看到这花的人，一定是惊奇于它的艳丽和喷香，才给它取了如此抒情的名字。

我更喜欢叫它紫茉莉。它的香气浓厚袭人，有紫丁香的质感，但相比紫丁香更为清远；又有点像茉莉，但比茉莉更浓烈醇厚。可以说，它介于两者之间，同时具备紫丁香和茉莉的特点，称它紫茉莉，很恰当。

紫茉莉是童年之花。每朵深紫里，都住着一个村庄，里面有河流的倒影、蝉鸣的声音、牛羊的影子，还有晚霞和露珠。

川西坝子长大的女娃子，哪个小时候没有玩过紫茉莉呢？随便摘下两朵，挂在耳朵上，就成为耳环。抽掉花蕊，再扯一根狗尾草，用纤细柔韧的草茎把花朵串起来，一个美丽的花环就做成了，可以戴在手腕上玩。当然，也可以去找妈妈要一根针，用长棉线穿成项链，挂在脖子上，十分别致。跳房子、跳橡皮筋的时候，那鲜花项链就在胸前晃荡着，一阵阵香气扑鼻。

那时，我在外面总是玩得很野，用母亲的话说，天上都是脚板印。她把晚饭做好了，就站在门口大声喊我回家吃饭！我飞跑回家，心里想，紫茉莉果然是晚饭花。

除了花，我们也常用紫茉莉的种子来玩耍。小颗的地雷藏在花叶之间，被花托小心地包裹着。在花丛中随便采集，很快就能收获满满一把。剥开小地雷，里面是雪白的乳粉，抹在手背上脸蛋上，就像敷了白粉。

据说在古代，紫茉莉的花种常被当作化妆品，比铅粉更好，抹在脸上又白又嫩，细腻柔滑。还有人说，它的花种里含有丰富的淀粉、蛋白质、微量元素，如果用水调成糊状，做面膜，可以对付痘痘之类。我想，化妆品制造商也许可以研发一下，大量种植紫茉莉，采集花种并提纯萃取，为中国美人延续一脉优美与自然。

紫茉莉本是一年生，但是在温暖湿润、土壤肥沃的成都平原，它从北方的一年生变成多年生。你只要在门口种一棵紫茉莉，别担心，它会越过寒冬，在春天抽枝展叶，春雨下来，它就噌噌地长，仅仅两三个月就长成两三尺高，捧出一大片繁茂。

我一直想要尝试种植紫茉莉，但它并不适合狭窄阳台，更宜地栽。如今在城里，有一种几近泛滥的植物叫三角梅，它跟紫茉莉颜色接近，喜欢跟着阳光四处攀爬，大有趋炎附势之感。三角梅开花时确实壮观如瀑，然而丝毫不香。没有香气的花朵，大多嫁给了风，让风来帮助自己繁衍后代。而喷香的紫茉莉，即便被风遗忘，它也能凭借自花传粉和卓越的自播能力，年年自开自落，自我奋斗。

乡坝里常见紫茉莉。上次去舅舅家，看到门口各种红粉幽蓝。舅妈爱花，在劳作的间隙，不忘栽花种草。一丛紫茉莉跟凤仙花、美人蕉站在一起，正开得旺盛，铃铛似的繁花,泼泼洒洒。

在我眼里,紫茉莉好像乡下女子,朴实,强健。乡村女子总是早早就能持家,下田、入厨、养猪、养花,还要生儿育女。就像舅妈和母亲。生活再苦再累,她们从不会唉声叹气,总是乐观地笑着。母亲的口头禅是,人要向前看,生活永远有希望。

又是一年夏天。乡村黄昏,夜幕正在升起,我站在紫茉莉面前,仿佛听到一支纯音乐,曲调热情,旋律简单,在回环重复中,把对生命的情感表达得淋漓尽致。

电影《死亡诗社》里有一句台词:我们必须努力寻找自己的声音,因为你越迟开始寻找,找到的可能性就越小。我想,紫茉莉为何在黑暗到来之前热情高歌,是否就是为了尽早找到自己呢?或者,它已经参悟生命里的暗黑与光明,最终摆脱束缚,获得快乐自由,因此,它在每一个不可复制的瞬间尽情开放,用尽精力,而不是忽略与浪费它。

紫茉莉拥有大地一般强壮、质朴、温柔的美,现实中多少人能如它这般,倾尽全力地活着呢?

野有红蓼

　　"十分秋色无人管，半属芦花半蓼花。"这句诗出自宋末诗人黄庚的《江村》，透出一种深深的寂静。透过诗句，我们仿佛看到，在夕阳的照耀下，江边开着的红红白白的芦花和蓼花，无人问津，自成风景。

　　此刻，在王滩湿地，平分秋色的正是芦苇和红蓼。这片滩涂还是原生态的，最相契的植物就是芦苇、红蓼，它们与野地的气质接近，萧疏清远，不求闻达。

　　红蓼开成了海洋，开成了火焰。一串串紫红花穗连绵成片，泼泼洒洒，在秋风中开得铺天盖地，与碧水芦花为伴，自由生长，充满率性不羁的美。此情此景让我很高兴，就像看见一个人脱离束缚自己的环境，可以按照中意的方式来生活。

　　走近细看，每一穗花都是由许多饱满的花苞组成，一层又一层叠加，集结成总状花序。每一粒花苞在绽放后，都是一朵精致的小花，而每个花苞内又含有一粒结实的黑籽。难怪红蓼有着强悍的生命力，它喜欢沿着低洼的湿地沟渠，四处开疆拓土，蓬蓬勃勃地发展，一长一大片。人走在旷野里，见之，不由叹道：

"瞧，这厮，真是性子野。"可不是嘛，红蓼恨不得多生几只脚，抢占更多的地盘。只要有它的地方，几乎看不到其他植物的身影。

我用照相机拍下很多蓼花。湿地公园还在建设中，这里将修建步道，还有景观水车，我看过设计效果图。现在还是乱石成堆，杂草丛生。不过，再荒凉的地方，有了红蓼也不再荒凉。

喜欢红蓼这个名字，朴素，跟乡下村姑差不多，跟我差不多。其实我骨子里也就是一株草本植物，田野是我的宿命，田野让我安心、安静。就像红蓼一样，我熟悉脚下这片生活了几十年的土地，如同熟悉自己的呼吸。我倾情于植物，喜欢穿棉麻衣服，偏爱阅读植物书籍，与人事相比，更关注自然景色和季节变换。跟卖茉莉花的大妈、种菜的老农可以聊上半天。县城某条街道扩建，街边巨大的梧桐树被砍掉，我一边看一边心痛。植物是我在世间的亲人。

红蓼是乡村常见的野草，无人种植，植株茂盛。它没有分别心，无论河岸边还是臭水沟旁，也不管脚下的土地是贫瘠还是肥沃，它随遇而安，努力扎根生长，并抽出热烈奔放的花穗。它坦然接纳一切，活得健康，不矫情，这正是我欣赏的生活方式。

一位北方的朋友手绘过很多野生植物，包括红蓼。画面干净疏朗，几枝红蓼弯下腰肢，正在随风摇曳。听他讲过一桩红蓼入诗的趣事。古时，一位姓铁的官员即将远行，临别时众友作诗赠别。轮到在场的一位武官，只听他开口吟道："你也作诗送老铁，我也作诗送老铁。"太俗，文人们暗自鄙夷，武官的后两句诗却让他们深受震撼——"江南江北蓼花红，都是离人眼中血"。最后一句语出惊人，意境立出。蓼花长在水边，送别时常见，由物及人，多少带一点离愁别绪。

不过，我不同意的是，红蓼开得欢天喜地，无论落脚在哪里，它们都坚韧不拔地开心生活，勇敢地绽放。它是如此积极乐观的植物，让人一瞥见，就宛如听到一支快乐的流浪者之歌，哪有伤感之意呢？倒不如换句话说，天涯何处无蓼草，岁岁年年一样红。

我告诉朋友，在川西农村，人们不叫它红蓼，而管它叫狗尾巴花，取其形象。它的身体里流淌着一种辛辣汁液，倘若不小心沾到手脚胳膊，一天都休想安生，皮肤会火辣辣的，就像沾上辣椒的汁液。出门放牛放羊的孩子，也绝不会选择去红蓼茂盛的地方。乡间野草多是牛羊果腹的粮食，但无论红蓼长得多么鲜嫩，牛羊从来不会拿正眼瞧它。我猜想，牛羊肯定领教过红蓼的厉害，从此牢记在心，避而远走。我似乎看到红蓼在哈哈大笑，为自己的计谋取得成功而欢呼。只是它千算万算，避开了动物的啃噬，却难逃镰刀的刈割。

过去，乡村人家在夏夜乘凉，院子里草木多，蚊蚋隐伏其间，尤其可恶的是花脚蚊，一咬一个包，恶痒恶痛。人们便提前割些红蓼备用，地坝里点燃一堆柴草，熏烤红蓼的茎枝叶片，逼出它体内的辛辣气息。在浓烟中，红蓼与蚊蚋短兵相接，终究还是红蓼棋高一着，不仅蚊蚋溃不成军，就连家猫家狗都敬而远之。

这时，人倘若不慎吸入一口熏烟，红蓼的辛辣气味在喉咙和肺部乱窜，呛得人咳嗽不停，涕泪满面。这让我想起卧薪尝胆的典故："目卧则攻之以蓼。"越王勾践经常在深夜点燃红蓼，熏眼以驱赶困意，警醒自己不要忘记家仇国恨。此人确实是狠角色，睡卧柴薪，尝苦胆、吃蕺菜，甚至为夫差尝粪，以红蓼攻目算是小儿科了，惜乎功成之后诛杀忠臣，其阴狠戾毒令人胆寒。不过，红蓼是红蓼，勾践是勾践，人心不可测，远比植物复杂得多。

在自然中招展的草木，一旦进入人的视线，难免被涂上主观的色彩。红蓼在《诗经》里被称作"游龙"，大概是因为枝叶游离，放浪不羁，貌似浮浪子弟，于是得了这么一个诨名。《诗经·郑风》写道："山有桥松，隰有游龙。不见子充，乃见狡童。"我每读此诗，总是忍俊不禁，面前仿佛出现一个正在生气跺脚的年轻女子，她用两种植物做对比，责骂自己的男人像蓼草一样，不正经，吊儿郎当，全无承担大事的气象。生性要强的女子，她未能嫁给松树，却不幸被许配给红蓼，真是造化弄人。

我不知道，假如红蓼听懂女子的话，是否会感到委屈呢？它无辜被骂，谁又能知晓它的心意？也许它哈哈一笑，根本不在意。一年又一年，清秋时节行走乡野，总能看见红蓼的影子。不管时光如何变迁，不管世人如何看待，红蓼依然活得好端端的。它傍水而生，随风轻轻摇曳，一穗穗明丽的红花，灼灼耀眼。秋水明净，秋光潋潋，红蓼与天光云影共徘徊。

"老作渔翁犹喜事，数枝红蓼醉清秋。"吟咏红蓼的诗词不胜枚举，相比之下，我更喜欢陆游的这句诗——风格缥缈高妙。也许真的要经历许多，才会有老渔翁一般的旷达心境。青山依旧，几度夕阳，身前身后事茫茫，欲话因缘恐断肠，不如看取数枝红蓼。我相信，放翁写作此诗时，已经全然放下世事，云淡风轻，拥有真正的洒脱。

我固执地喜欢红蓼。身在尘世，难免为俗事牵绊，多数时候，难以活得身心舒展。红蓼的自由生长，唤醒我们的内心，帮助我们调服内心，使自己变得更加坚韧、柔和，也更加独立。

　　事实上，人世间真正的快乐，正是平淡中的悠然自在。你若懂得秋天的风霜，便能发现红蓼的美好。红蓼的内心，汪着一潭秋水。

扫码听书

芦苇

苇生江湖

　　大约在三十年前，我刚学会上网，注册QQ需要一个昵称，就随手从《诗经》里抓来一个词语——蒹葭，一直沿用至今。后来使用微信，也用这个名字。这可见我的懒惰，不想淘神，缺乏创新，或者说是执着，认准了就不再改变。

　　我出生在白露。妈妈说，生我之前一直热得很，那天早晨吹来一阵风，突然就凉快了。白露为霜呀，芦苇也白了，万物都有感应。

　　光阴倏忽而逝，我也经历四五十个白露了。生活如流水，多数时候是平常的，无悲无喜。几十年平静地活着，感受四季更迭，看多了生命的繁盛和凋零，内心偶尔泛起一种淡淡的忧伤，时不我待也。蒹葭者，芦苇也。岸边的芦苇，年年春天抽出嫩芽，夏天一片葳蕤，秋冬捧出白茫茫的芦花，它们始终葆有蓬勃的生命力。而我这棵野草，才知道打开生命的方式，就已经走到人生之秋天了。

　　当夕阳投下长长的阴影时，余晖洒向芦苇，散发出柔和的光芒。这时，在河边走着走着，突然撞见芦花，只要看到它们，我就走不动路了。白蓬蓬的芦花风姿绰约，在天幕下漫无边际地飞着。这样的景象，惹得人心里也飘飘忽忽的。

"蒹葭苍苍，白露为霜……"两千多年前，也是在这样的清秋，一个孤独的家伙伫立水边，他透过茂密的芦苇，遥望在水一方的女子，一唱三叹，歌声低回往复，缠绵悱恻，令人动容。我不知道，他是爱上了伊人，还是爱上了这份感情。

芦苇开着花，河岸上一片沉寂。

芦苇茫茫，很有画面感。今人拍摄清秋，常把镜头对准芦苇。迄今为止，我见过拍摄芦苇最有味道的，是诗人、博物摄影家莫非。在《风吹草木动》里，他把整整三个页码留给芦苇，远景近景，逆光顺光，花穗花蓬……他深情地写道："我想告诉你，风吹过的芦花，才真的是芦花。"他叹息："秋日到了，白露白了，要命的人啊，你藏在哪里？"他沉吟："会思想的芦苇，也会想到芦苇吗？"我细细欣赏他拍摄的芦苇照片，蓦然想，莫非老师拍的不仅是芦苇，也是自己吧。他对乡野自然一往情深，在他眼里，自然之书才是一部真正的原创巨著。

没有照相机的古代，人们喜欢画芦苇。北宋有人画过《溪芦野鸭图》，溪边芦苇茨菰丛生，雄鸭在岸边单足站立小憩，雌鸭于水中回首梳羽，画面祥和安定。彼时，画家的身边，也许正有红袖添香，看他笔下的芦苇，没有凄清，倒是一派葱郁。

在清代画家边寿民的笔下，芦雁与芦苇相互映衬，三两枝芦苇，两三只芦雁，意境萧疏，有淡远之气，在我看来，画的是他自己的情怀——恬淡虚无，自在，旷然。跟莫非一样，他一定是在这种植物身上找到了共鸣。

芦苇总是安静的。陆游写道："最是平生会心事，芦花千顷月明中。"朗月高悬，银光泻地，比月儿更明亮的芦花，它什么也不说，把所有的秘密都藏在苇絮里。其实，那些不能说出的，才最有意思。刘长卿写道："客路向南何处是，芦花千里雪漫漫。"铺天盖地的乡愁，穿越千年时空，至今读来，仍然有霜意。一点点摇荡在霜风里的，是旧日子的记忆。

在我家乡，斜江河边多芦苇，它们野蛮生长着，疯狂而又自由。每年深秋，画家班勇会剪回几株硕大飘逸的芦花，插进花瓶，摆放在画室内。元旦节，我们去找他喝茶，门口瓦罐里半人高的芦花还散发着山野幽香。他不知从哪里淘回一堆土陶花器，画室里永远插着各种常见的野花野草：野绣球、竹子、蕨草、麦冬、蒲公英、火棘……还有很多我根本叫不出名字的。他熟知它们长在哪面山坡、哪块洼地、哪片河滩、哪块田垄。某一天，某个时辰，他揣着一把剪刀之类趁手的工具，走向他的山野，然后满载而归。班勇说，他不喜欢人工栽培的花卉，还是野生植物好，让人心也变得幽远起来。看着这些植物，感受它们带来的透彻、朴素、辽阔而沉静的味道，能获得来自天地自然的滋养。

芦花是说不出的好看、耐看。老话说，坚如磐石，韧如蒲苇。芦苇看似清瘦，仿佛柔弱女子，然而不惧风雨，骨子里透着坚强，淡泊成一道风景。我每次见到它，总会想起那个步履蹒跚却又执拗地热爱写诗的女人，她在《秋日笔记》中写道：一个人年轻的时候，多半是动物性的，只有老了，才长出植物的根须来。有了植物性，大地从容，生命也从容了。她也是一株芦苇吧，不管旁人如何谈论自己的为人和诗歌——褒贬不一又如何，热闹是你们的，我和自己在一起。生命终究是一个人的道路，重要的是自己在如何生活，不需要把心力浪费在解释上。

芦苇逐水而居，它们知道水流的方向。山野里，跟它长得极为相似的亲戚，是芒草。苇生江湖，芒草生山间，本性使然。它们俩确实相似，身躯苗条，都穿着翠色外衣，都有旷达的生命气息。区别在于，芦苇叶子细窄，植株矮小稀疏，此外最主要的辨识处在芦苇没有锯齿。将鲁班的手指割破流血并启发他发明锯子的，是芒草，那是一种锋芒毕露的野草。

栖居水边的芦苇是真真实实的婉约派，它也许是李易安，也许是朱淑真，更有可能，它谁都不是，它只代表自己——一种简单、纯粹、真实的自然生命，随着季节起伏，谱写着时光里的爱与哀愁。

如果可以选择，我愿意做一棵芦苇，生在江湖，带点散淡，带点诗意。我是一棵芦苇，你是在水一方的伊人。

哲学家说，人是一棵会思考的芦苇。芦苇那么脆弱，一口气可以毁灭它，一句话也可以让它复活。人也是如此，肉体总是敌不过时间的消逝，容易衰老，容易消亡，但是，既然来一趟，总该有些意思。生命的意义何在？是不是有所创造、付出和给予。

悠悠紫苏

紫苏，紫苏，我轻轻读出这两个字时，似乎在唤我闺密的名字。

这两个字真好，念起来，语气上扬，嘴角上翘。"紫"字，是她的姓氏，也是她身上衣裙的颜色，显然与浪漫主义的情怀脱不了干系；"苏"是她的名字，"苏醒"的"苏"，指向的是活力、生机、积极向上、青春洋溢。单是想想，她就是一个妙人儿，更何况还自带香气，远远地，未见其人，先就闻到其香，那一股干净新鲜的香，蓬蓬勃勃，从田野深处款款而来，怎会不令人深呼吸，凝神望之？

及至靠近她，看她穿着曳地的紫色长裙，在风里飘飘摇摇，你肯定已经倾心。她的体香，并非夺人魂魄的浓烈，也不是四溢的花香，而是隐藏在叶脉深处的香，只有靠近，俯身嗅闻，她才会张开臂膀热情拥抱你。

我已爱上紫苏多年。

一日，朋友来看我，喝过茶，踱到阳台上端详花草。她看到两盆紫叶花草，好奇地问是什么。我说，不是花，是紫苏，乡下菜地

214

里挖回来的，是香料，也是一味中药，散寒解表、理气宽中。她很惊讶，左右打量，连声说好看，丝毫不逊色于旁边的花草。

紫苏确实很美，叶片卵圆形，皱缩卷曲，边缘有锯齿，阳面浅紫，背面深紫，不是紫藤花如烟如雾的粉紫，而是紫里带绿、绿里带红，一种野性而茁壮的美。触摸叶片，很有立体感，让人叹息：造物主真是艺术家，为每种植物都用尽巧思。紫苏随着枝梗越长越高，便开出一串串紫色的花朵，作穗成房，如荆芥花穗，闻起来同样芳香浓郁。炎夏时，我常剪下一枝插在茶桌小瓶中，与之相对喝茶，生机蓬勃的香味陪伴度过一段光阴，让我心生感激。紫苏真是全身上下、由内而外散发香气的好植物。

我在花盆里栽紫苏，栽藿香，栽薄荷，还栽过迷迭香。它们都是香味浓烈的植物，既可观赏，也可入菜，难能可贵的是，都好种易生，给一捧泥土、一瓢水，它们就能在土里牢牢生根，成长起来非常喜人。每次摘取，只讨老叶，不掐断茎秆，它们便会重生出新叶。有时出门几天，没人浇水，它们失水后一副蔫巴巴的样子，也不用急，咕嘟咕嘟灌足水，或者直接把花盆置于盛满清水的大盆里，次日清晨它们便又活泛过来，恢复欣盛。

紫苏最美是九月，色最正，味最浓，也经得起煮。

霜染深秋，紫苏就枯老了，这时可以摘尽老叶，晒干，放在冰箱里保存。紫苏结的籽可入药，也可收集起来，放在牛皮纸袋里，阴干储存，第二年春天继续播种。

冬天煮花草茶时，放两片紫苏叶进去，味道就很新奇，仿佛与春天的风、夏天的烈日迎面相遇。还可以做个香囊，悬挂在衣柜里熏香衣服，比薰衣草还管用。邻居姐姐说，从洗衣店取回的衣服，她会熏一熏再穿，因为在干洗店里，自己的衣服都是与别人的混杂在一起，穿之前用紫苏叶熏一下，衣服就得到了净化，有了植物的气息，穿上更心安。我说：你真讲究，在现代社会以古人的方式过日子。

古人对紫苏比我们更熟悉和了解。紫苏是原产中国的药草，栽培历史十分悠久。相传东汉末年，洛阳城里有人因为吃多了螃蟹腹痛难忍，甚至昏厥。名医华佗用一种紫叶草煎水送服，不久病人便苏醒过来。从此以后，人们就把这种能煮出紫水的叶子称为"紫苏"。时至今日，每逢丹桂飘香之际，人们在蒸煮大闸蟹时，也不忘放上几片紫苏叶。

"未妨无暑药，熟水紫苏香。"这句诗出自宋末元初诗人方回《次韵志归十首》之一，诗中的暑药，就是用紫苏煮的水。紫苏在宋朝就很火了，因药食两用已经被广泛推崇。

日式料理中，紫苏频频出镜。据查，日本大约在奈良或平安时代从中国引入紫苏，雅称"和风香草"，并广泛用于刺身上。日本人多用叶片青绿的白紫苏，生绿的鲜叶配上黄红的鱼片，不仅看上去鲜活可人，而且能够保鲜。韩国人则用白紫苏包裹烤肉，以祛除腥膻、增添香味。因此，紫苏在日韩市场上几乎全年都能看到，使用量巨大。

紫苏，泽被世人久矣。

时光荏苒，枯荣之间生生不息。春来万物生，朋友说，她回去也准备种一盆紫苏。不过，若是把紫苏仅仅当花养，着实有些委屈它。紫苏可以观赏，也可以入药、入厨。但凡烹调田螺、泥鳅、海鲜这些腥味浓重的菜肴，都离不开紫苏。紫苏就是有一种魔力，或者说一种气场强大的震慑力，所有腥膻味、世俗气、妖媚气只要遇到紫苏，就立刻消失遁形。紫苏把自己的体香源源不断地释放出来，让整只锅里都遍布它的芳泽。

不过，紫苏的香，需要人一点点去适应。就像薄荷，有人闻起觉得冲鼻刺激，有人却觉得很爽，提神醒脑。我的宜宾同事吃米线，每次都要抓一大把薄荷叶子丢进去，吃得极香，一脸满足。紫苏也是，当你习惯它，自然就感觉美妙。这两年，我开始诱惑家人吃紫苏，将它一点点地加在菜里、煮进粥里，然后将紫苏的功用反复讲述。久之，家人也渐渐习惯紫苏的味道。周末，我摘一把紫苏叶，做一锅紫苏酸菜鱼，不仅鱼腥味荡然无存，更多了一层柔情缱绻的香。

灵魂有香气的女子，说的就是紫苏吧。

夏枯草的深情

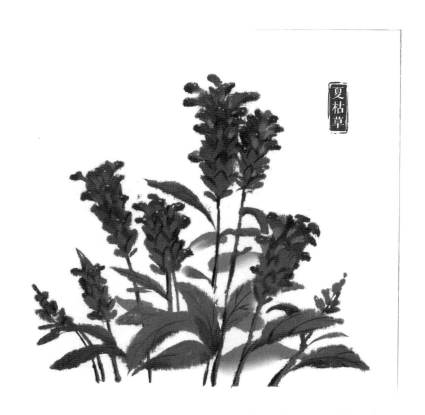

夏枯草

　　菱形、覆盖着毛毛的茎秆，高高支起一座圆柱形的塔式建筑，塔的周身开出一扇扇小窗户，一朵朵小花从窗口探出头来，花色是深浅浓淡的紫，花形是二唇形，美如一瓣精致的柔唇。

　　这是夏枯草的花，多年前进入我的视野，我一见难忘。从此在野外行走，一看到它们，我就会惊叫起来，招呼同伴快看。风吹草木动，它们扎根荒地、疏林、田埂及路旁，以活泼泼的姿势，招展着生命的力量。绿色的对生叶片毫不显眼，仿佛只为了衬托花朵而存在。而夏枯草入药，也主要是它的圆柱形花塔。

　　夏枯草，意思是说到了夏天，它的生命周期便宣告结束，其实枯萎的只是果穗，它的根茎叶依然活着，一直可以撑到秋季，然后进入休眠状态。作为多年生草本植物，夏枯草会在次年春天继续萌发，如此年复一年，在广袤的中国大地，它们默默地陪伴人类，一转眼就是几千年。

　　在庞大的中草药王国，夏枯草是曾经立下大功的草本植物。中医临床上有一种病，"瘰疬"，意思是脖子上长结节，古时得这种病，一般必死无疑，所以有"十病九死"的说法，但夏枯草的发现，把身患"瘰疬"的人从痛苦中拯救出来。黄金有价药无价，在古代，夏枯草曾经是比珍珠还贵重的药材。这也让人好奇，这看似普通的野草，身上到底有什么神奇之处呢？

时至今日，现代医学的发展为人们揭开了谜底。原来，夏枯草里含有独特的夏枯草苷、芦丁、皂苷等。

夏枯草一般用来清热解毒。如今市面上风行的一种凉茶，夏枯草就是原料之一。夏枯草的皂苷对胃部有刺激作用，所以，曾经脾胃寒凉的我，断不敢像别人那样，口渴时开一罐凉茶，咕嘟咕嘟灌下去。这几年虽调理得稍好一些，也不敢乱喝。

民间百姓对夏枯草很熟悉。新场古镇每逢赶集，当地山民便在街边卖草药。上次端午节去买"百百草"，准备回家泡药澡。一位大爷身穿青蓝衬衣，头发虽白，目光却炯炯有神。他坐于小板凳上，面前铺开塑料布，上面放着十几把草药，一捆捆放好。大爷还很贴心，在每个草药旁写下药名、功效。我上前打量，大多不认识，白毛藤、杜仲、山荆芥、射干、黄精，看名字觉得熟悉，毕竟翻阅过一些中医药书籍，但就是无法对上号。只有夏枯草最眼熟，一眼认出，像熟悉的老友。

大爷说，这些草药都是他自己在山里采挖的，原生态，部分品种市面上都很难找到。我以为这些东西会很贵，毕竟来之不易，问了一下才知道，大多10元一把，贵点的不过20元，看来民风淳朴之地，卖的东西也很实惠。走时，我买了一把晒干的夏枯草，低头嗅闻它的清香和药味，觉得舒爽。

那把夏枯草后来被我插入花器，当作干花放在橱柜上，出来进去，都是它释放的淡淡药香，呼吸之间便多了一股山野气息。

220

　　你看夏枯草，夏枯春又来，无常里亦有常，行过诸苦，且当作是梦中观。在一棵夏枯草里，我们可以看清世间真相，不如像一棵草如实地活着，真诚而努力，勤恳工作，担起家庭的责任，尽力而为，放弃执念，在各种关系中抛弃需索、倚赖、脆弱、妄求，这才是真正爱惜自己。

　　生命珍贵，愿我们都活得健康。

扫码听书

果，透表止咳，补中利水；

根，止血调经。

多年以后，乡亲们不再面朝黄土背朝天，对曾经讨厌的稗子也多了几分宽容。就好比家里那个最顽皮的老幺，顺其自然让他淘气吧，没想到，这捣蛋鬼长大了，居然也有了一点出息。

稗草

稗子的心机

丰收的田野里，稻谷随风起伏，掀起一层层波浪；风停了，它们就站在阳光下，低垂着头。老农站在地边，黑红的脸膛浮起笑意。种什么得什么，所有辛勤的劳作都不会被辜负，土地是最实诚的。然而在这片金黄里，偶尔会看到一个异类，它长得比水稻还高，比水稻骄傲，高挑的样子，似乎在挤眉弄眼地对农民说："哈哈，你没有铲除我，我成熟了，你奈何不了我了。"

稗子是出名的伪装者。青春时，稗子长得几乎跟稻子一模一样，除了水稻茎秆和叶子连接处的叶耳稗子尚未模仿到位，其他基本模仿成功，以致有经验的农民也不容易区分。

邻居陈二娃从山里娶回一个漂亮的小媳妇，她在娘家时没种过水稻，还认不出稗子呢，下田薅秧，不免闹出了笑话。陈婆婆就扯起一棵稗草，对新媳妇说：看嘛，稗子叶中间有白色的筋，表面光滑没有绒毛，摸起来不刺手。

村里的叔伯婶嫂站在一边看热闹，说说笑笑，指指点点，小媳妇害臊得脸都红了，白嫩的皮肤飞上红霞，比三月的桃花还好看。笑过了，这一群男女先后走下秧田，优哉游哉，边薅秧边唱薅秧歌：大田薅秧稗子多，扯了一窝又一窝；大田秧子脚跟脚，不唱歌来不快活……一天下来，田埂上到处扔着稗草、千金子、莎草。

据说，农民讨厌稗子，还因为它会分泌出一些化学物质，抑制水稻的生长。时至今日，人们已不再薅秧，机械化耕种的稻田里，如果没有除草剂帮忙，稻子是打不赢稗子的。

20世纪七八十年代，初夏的乡村总是青青绿绿的。秧苗在抽穗之前，一般要薅三次。有时细雨如丝，人们也会披蓑衣、戴斗笠，在秧田里扯稗子，除杂草，松泥土。在农民的精心照料下，

稗草

薅过的秧苗就来了精神，你追我赶，使劲儿地往上冲，几冲几冲就绿了，从这坝田到那坝田，从这个队到那个队，连成一片，绿成一片。

再眼尖的老把式，偶尔也有疏漏。更何况，过去的秧田里，除了泥鳅、黄鳝，还有许多水蚂蟥，这些饿扁了的家伙，一旦吸附在人的腿肚子上，甩都甩不掉。它们把人的注意力抓过去，稗子就免除了被拔除的危险。于是，它们得意地窃笑着，偷吃着稻田里的肥水，一天天生长。在秋后成熟的季节，稗子的狐狸尾巴才露出来，长长茎秆上结着紫黑色稗穗，跟金黄的稻谷完全两样，这是它的庐山真面目。

稗子的一生，可谓心机用尽。它这么做，无非因为人们一直除之而后快，它只好不停地模仿水稻。

在这点上，枯叶蝶与稗子也有一比。这种蝴蝶把自己伪装成枯叶，趴在树枝上，落在地面上，或枯黄色，或黑褐色，翅膀上有树叶筋脉般的花纹，有些还故意在翅膀边缘长出豁口，变成一片被蚕食过的枯叶。枯叶蝶还会装死。去年秋天的一个清晨，洗漱过后，我发现窗台的卷纸上粘着一片黑色残叶。头夜风吹雨打，对这无端飘来的叶片，我也没探究，只是把卷纸拿过来摇，残叶没动。又一摇，还是没动。这是怎么回事？凑近一看，竟然是一只枯叶蝶！人家有头有触须有眼睛呢。我顿时来了兴趣，细细端详，它一动不动，不知是活的还是死的。

我拿出手机对准它，镜头几乎要触着它的身体。前后左右，俯拍仰拍，我变换着角度足足拍了几分钟，它依然一动不动。最后，我把卷纸拿到客厅阳台外，用一支圆珠笔轻轻拨了它一下。它突然飞了起来，极速扇动翅膀，从打开的窗户径直飞出去，飞向楼群外的天空，倏忽不见。这就是它和我的一面之缘。

真是高手啊，跟稗子一样，它们都是狡黠的孩子，一等一的伪装者。

农民对稻禾的生长十分上心，施肥，灌水，除虫。禾苗也知恩图报，它们在水田里扎稳脚跟，立直身子，葱绿的叶片温柔地伸向四周，如同舞者优雅的手。稗子却硬戳戳的，坚挺着腰杆，细长的叶片直冲天空，全身都透着桀骜不驯的野性。

稗子长得就像浪荡子，一点儿都不正经。人们说，田有稗子不肥，家有败子不富。你听，隔壁的幺婶娘又在吼骂她的儿子："你这个败家子，整天除了吃就是睡，还把娃儿的学费拿去赌钱，你婆娘要跟你离婚，我可管不了！这个家，都快被你败光了！"

爷爷说，"败家子"这个词就是从稗子引申来的。野地里的稗子，不知它们听了会作何感想呢。想起《本草纲目》里的注解：稗，乃禾之卑贱者也，故字从卑。唉，说得人家如此不堪。

其实，人类应该感谢稗子。稗子有水旱之分，植物学家认为，水稗子是水稻的祖先，旱稗子是小麦的祖先。在历史的长河里，水稗子努力进化，成了原生稻，结出的颗粒大，数量多，而且营养丰富，就成了人类的朋友。数千年的栽种培育，使得水稻植株越来越优秀。

那么稗子还有存在的意义吗？晚餐桌上，不知是谁起头，忽然聊到沙漠这个话题。人们在努力让沙漠变为绿洲，但如果地球上没有沙漠行不行呢？一位美国生态学家说过，没有撒哈拉大沙漠，亚马孙热带雨林将荡然无存，因为热风带去的沙尘富含钙、磷等营养物质，为雨林的生长提供必要的物质基础。当然，我并不是说不要治理沙漠，因为过度开垦和放牧，地球上的沙漠面积不断扩大，触目惊心。就像稗子，如果尽由它们不可遏制地扩张领地，我们又怎能吃上雪白滋润的米饭呢？

事物都是相对的，从古至今。今天的科学家正在不断探索，希望利用稗子的基因优势，来为水稻育种服务。可见，每一个物种都有存在的价值，没有一种草是真正的杂草，它们不过是长错地方罢了。

多年以后，乡亲们不再面朝黄土背朝天，对曾经讨厌的稗子也多了几分宽容。就好比家里那个最顽皮的老幺，顺其自然让他淘气吧，没想到，这捣蛋鬼长大了，居然也有了一点出息。稗子的出息是什么呢？稗子酒，这可比高粱酒还珍贵。

某次聚餐，同事背来一个军用水壶，里面装的是散装白酒，说是从凉山州带回来的稗子酒，邀请大家品饮，还说稗子有一定药用价值。

《云南中草药》云："果，透表止咳，补中利水；根，止血调经。"

《滇南本草》云："专治妇人散经败血之症。"

同事说，稗子的生存能力强大，彝族人会在贫瘠的土地撒种一些旱稗子，任其自生自长，收获籽实后，碾碎了当粮食。几十年前，稗子面还是一种常见的食物，可以贴饼，饱腹感强。用稗子籽粒酿出的酒，被称为"酒中之酒"，很受欢迎。但是，稗子产量极低，出酒率更低，经过沸煮、发酵、蒸馏，一百斤籽粒顶多酿出二十来斤白酒，跟玉米、高粱相比差远了。跟稗子一生纠缠不休的稻谷，人家的出酒率可达百分之七八十。听他这么一讲，我就在心里感叹：稗子的脾性不改，真够深沉，跟铜豌豆一样。

玻璃杯里的稗子酒，清亮透明，我端起轻抿一口，有一股怡人的清香，悠悠气息直往上走，跟其他粮食酒相比，它既不浓烈，也不芳香。再喝一口，感觉醇厚绵长，回味时，泛起一种很特别的幽香和韵味，那就是稗子的精华所在吧。真是好酒。

我仿佛又看到田野里高耸的稗子，秋风吹过，它们挥舞着紫黑的稗穗，在得意地大笑，在高声地唱歌。

扫码听书

九月的姜花

姜花

抵达天府红谷时，山雨还在不紧不慢地下着，雨丝随风飘洒，凉意袭人。从香樟、桢楠、水杉树上滑落的雨滴，不时打在头发和衣服上，仿佛带来清秋的问讯。远山近树、房屋竹林都被笼罩在薄雾里，显得宁静安谧。

　　服务员微笑着接过行李，将我们带至临湖的几间客舍。客舍的名字分别叫梅、兰、竹、菊，看来经营者确实对植物相当钟情。我站在门外，环顾四周，深深呼吸着清凉潮润的空气，忽然一股芬芳穿过层叠树木袭来。这是什么味道？"是姜花。"服务员说。顺着她手指的方向，我看见湖畔几丛植物在开花，深碧宽广的绿叶中，细长花秆从叶丛里高高擎起，托举起白蝴蝶一样的花朵。

　　原来它就是姜花！我夺步奔向它，细细端详：一茎白花，相互依傍，簇拥于翡翠簪头，每朵都是三片花瓣，露出纤细娇黄的花蕊，像瑜伽手印舒展开来，又像打开的鸟翅。花香幽远，带着清新的气质。

　　台湾作家刘墉把青年的回忆比作牡丹，把童年的回忆说成姜花，大意是说姜花虽开得短暂，但它纯洁、质朴，值得用一生去慢慢回味。我认为这个比喻颇有意思，青年的浓烈堪比牡丹，待繁华落尽，找一处篱笆小院，整理和收拾自己的内心，一枝姜花开在身畔，守静，安然，带我们重返童年时光。

我原先以为姜花就是生姜开的花，下乡时，曾专门去田地里寻觅它的身影，然而生姜开的是黄花，形似雏菊，艳丽，并不香；我又疑心是洋姜开的花，野地里看到绿色里擎出一枝枝高瘦的洋姜花，茁壮的黄色，天然野趣，细闻亦无香味。

实际上，姜花谁也不是，就是它自己——姜科姜花属的多年生草木，湿生植物。同行的一位老师也很喜欢姜花，掏出手机各种角度一阵拍。他是一位广闻博见的作家，对植物也有钻研。他说，姜花与生姜看起来确实相像，二者均属姜科，但是生姜为姜属，植株矮，姜花则是姜花属，植株高挺，其根茎不能像生姜一样食用。"姜花原产于印度和马来西亚的热带地区，大概在清代传入中国，它又名蝴蝶百合。"名如其花，姜花确实形似白蝶、香如百合，美得灵秀。注目久了，仿佛眼前不是优雅的花儿，也不是含羞的蝶儿，而是生长在山谷的一个个精灵。

姜花适合在雨中看，雨水淋洗，更出落得干净。好像素雅的花儿都适合在雨中看，比如荷花、栀子花、茉莉花，在雨中越发清逸出尘。该如何形容它们的气质呢？与我们沿途所见的姹紫嫣红的波斯菊相比，姜花应该是一段小旋律，寥寥几个音符在空气中飘；或是一幅黑白墨笔山水画，没有渲染，却意境悠远。在雨里长久站着，与姜花对望，深深地呼吸吐纳，久之，有一种遁入另一时空的恍惚感。香樟、垂柳、蒲草、芦苇，传统穿斗结构的房舍，挂在檐下的竹笼灯罩，站在雨中一起看花的人，以及四处弥漫的绿意和水汽……这一切仿佛并非当下真实的场景，而是来自一个遥远时空的虚像，一个幻觉。

入夜，雨滴滴答答下得更大了。廊下的灯笼亮了，红色光影在雨雾里显得迷离。我们围坐于一方木桌边，沏一壶红茶，慢悠悠喝着。我摘下一朵姜花放在桌上，茶气氤氲里便一直有它的幽香，清而不淡，持久而深入。座中有人说它与栀子花很接近，有人说它花香甜馥，更像黄桷兰，但我感觉花香里还有一丝生姜的辛辣，比普通的花香更有穿透力，简直不是深入肺腑，而是直入丹田。

闲聊中，想起已近中秋，同行的老师沉吟片刻，脱口吟出："蓦然抬头，窗外，一轮明月正赶往中秋。"大家赞叹道：果然，好诗本天成，妙手偶得之。此刻，有岁月静好的味道。而这雨夜的姜花正在徐徐吐蕊，一半温暖，一半清凉，给予人心安。我相信闻过这花香的人，肯定一辈子也忘不了。

红谷的员工告诉我，每逢秋天，此地姜花随处可见，大家对它早已见惯。细心的小妹每天早晨布置餐桌，还会采摘几茎，清水养在透明花器里，于是，它的淡雅之香便会在豆浆、腐乳、南瓜粥和摆成花瓣状的五碟小菜之间氤氲，让人神清气爽。

临走，我摘下一朵姜花带走，一路嗅着它的馨香。我带走的不仅是一缕芬芳，也是山谷里的一丝云雾、一缕清风、一颗雨滴。

我听见苔藓
在唱歌

苔藓

夏日黄昏，朋友驾车过来，送我一方苔藓盆景。黑陶砂器里，微缩的起伏山体，覆盖着一层湿润润、绿茸茸的苔藓，旁边伸出一丛纤秀的蕨类植物，别有风情。我将它置于案几之上，左看右看都是生趣，尤其在暑热里，让人感到春意犹存，清凉几许。

　　友人说，苔藓好养，如果失水叶子会蜷缩，变成黄褐色，乍一看似乎已死，但它只是处于休眠状态，别担心，只要喷淋水雾，它就会重新泛绿。"不需过多关照，苔藓的生命力顽强得很。"朋友说。

　　她这几年完全迷恋上了苔藓。假山、树桩、石头，大凡能种植苔藓的，都一一尝试。用米汤和腐殖土混合，充分发酵后调成膏状，用来养苔藓，这是她自己发明的土办法，据说很好用。

　　一直以来，苔藓都是造景不可或缺之物。大凡造景，少不了三大要素：山、石和水。山覆青苔，方显沧桑；石上生苔，才得逼真；水伴苔生，才会灵动。苔藓虽不如鲜花耀眼，也不似树木高健，"它们"柔弱谦卑，一点一点的绿，一小片一小片的绿，默默无闻，悄无声息，然而没有它们，再好看的景观也缺少灵气。听说，苔藓还是最好的水分监测员，判断是否需要给金弹子、六月雪浇水，只需观察苔藓，如果它们绿意盎然，土壤里的水分便是充足的，不必浇水。

苔藓可以四季常绿，这真是令人惊讶。无论酷暑，抑或寒冬，它们都一如既往地绿。

去年大雪时节，我跟朋友去钻山。大雪没有雪，只有雨不停地下，到处湿答答的。温度骤降，山里涌起浓雾，风裹挟着吹到脸上，让人辨不清是雨，是云，还是雾。很多树木已经落光叶子，枯瘦的枝条伸向天空，这是冬天的况味，万物已经进入收藏期。

我们的到来打破了山林的宁静。登山鞋踩在落叶上，它们在被踩踏中加速融入泥土，催生其他植物。枯叶腐烂之处，会有新的苔藓和蕨类站起来，挺起柔嫩的新绿。清冷的山石沉默不语，它穿着苔藓织就的衣裳，仿佛停驻在时间里。我俯下身，听见苔藓在唱歌，一支绿色的歌，绿得让人感叹，全世界都在过冬天，只有苔藓在过自己的春天。

于是我想，春天并不是季节，它因人而异，也许你的冬天，正是它的春天。视角不同，你看到的也会不一样，比如看苔藓，从下往上看，矮矮的苔藓变成繁茂森林；从上往下看，苔藓构建的是群山峻岭，再微小的生命，都有它自己的大山大河。

苔藓体形虽小，却不可小觑，它是地球上的元老。直到今天，地球南北极高寒地带的岩面上，依然有它们精神抖擞的身影。是的，它们组成了真正的矮人国，但是数量庞大，23000多种，你能认得几种呢？你是否知道，苔是苔，藓是藓；你是否知道，苔藓也会开花？

　　"白日不到处，青春恰自来。苔花如米小，也学牡丹开。"清代诗人袁枚写这首诗时肯定想不到，后世有那么多的追随者，跟他一样惊叹于苔藓之美。200多年后，有个叫藤井久子的日本女子，倾心于苔藓，用数十年时间观察苔藓，继出版《苔藓是朋友》一书后，又捧出《苔藓图鉴》，向人详细介绍182种苔藓。她有一段话很感人：当你第一次蹲下，抬头看着地上或墙上长出的苔藓时，苔藓群落看起来像一片森林。此外，如果你使用放大镜，每一个没有到达你小指尖的小苔藓，就像一棵大树，感觉自己是个侏儒。

　　米粒般的苔藓花，依然可以开出牡丹的热烈恣意。没有比苔藓更柔弱的身躯，也没有比它们更执着的心性，即便被踩踏，一有机会，就会成功逆袭。

　　那年冬天，我陪摄影家莫非在川西乡村拍摄植物，有机会在他的指导下认识了很多植物。印象极深的是葫芦藓。在一户人家的围墙上，他发现了密密的苔藓，绿茸茸地覆盖整堵墙。全是葫芦藓，他惊讶得喊叫起来。当地湿度高，苔藓种类多，但如此大规模的也是罕见。他给葫芦藓拍下很多照片。他蹲着，甚至跪着拍摄，仿佛面对的是世界的奇迹。我看到那些照片，葫芦藓在微距下被放大，小可爱们头顶着露珠，一副天真纯洁的模样，像教堂里唱诗班的孩子。

　　任何事物换一种角度观察，都会得到不同的结果。有一年，我随团到俄罗斯旅游。看过贝加尔湖的美景之后，导游带领大家去参观当地的自然博物馆，其中有个环节，用高倍显微镜观察沙子。那些湖边一抓一把的沙粒，肉眼看来，每一粒都平淡普通，然而在放大300倍的显微镜下，它们散发着五彩的光芒，粉红，深紫，葡萄灰，粒粒璀璨，形状也千奇百怪，三角形、梯形、Y形……太令人震撼了，我们感觉走进一座宝石打造的迷宫中，看得目瞪口呆，所有的语言加起来，也难以抵达它们的美丽。

佛家说，一花一世界，一叶一菩提。一片苔藓就是一个完整的世界。你看到什么，看不到什么，取决于你的视角和你的心。

人啊，千万不要自以为是。一个活得粗粝的人，他愚蠢、自大、傲慢，终其一生，可能都不会发现苔藓和沙粒的美。就在他的脚下，或者砖缝里、枯木上，那么多美好正在与他擦肩而过。这难道不是遗憾的事情吗？

你在凝视一片苔藓的时候，苔藓也在凝视你。你未看它时，它与汝心同归于寂；你来看它时，它的颜色一时明亮起来。说这番话的王阳明，是多情的。看苔藓的人，心是柔软的。苔藓跟你我一样，真实地存在着，有鲜活真诚的灵魂，并在清醒地认识到"自己毫不重要"的前提下，认真地生活着。它们是一颗颗绿色的小星星，是眨着神秘眼睛的精灵。它们有好多的话要表达吧，它们想说什么呢？

在德国作家赫尔曼·黑塞的《悉达多》里，智者倾听河流的声音，从河流中听到真谛：世界上没有时间这个东西。那么，我们如果全神贯注地倾听苔藓的歌唱，能悟出什么呢？我相信，自然里的每一种声音，无论河流，还是树木和苔藓，都是包含着千百种声音的交响乐。倾听是重要的。想说的话随风而逝，那就放弃言语吧。很多时候，语言带来的只是误解。天地有大美而不言。回归自己的心，打开自己的五感，最终，无眼耳鼻舌身意，无色声香味触法，空空如也。

世界寂静，我听见苔藓在唱歌。

插画·草木的另一种身影

作者·文字之外的语言

有声书·植物与文字的声音

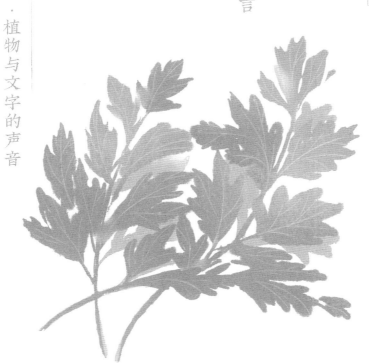